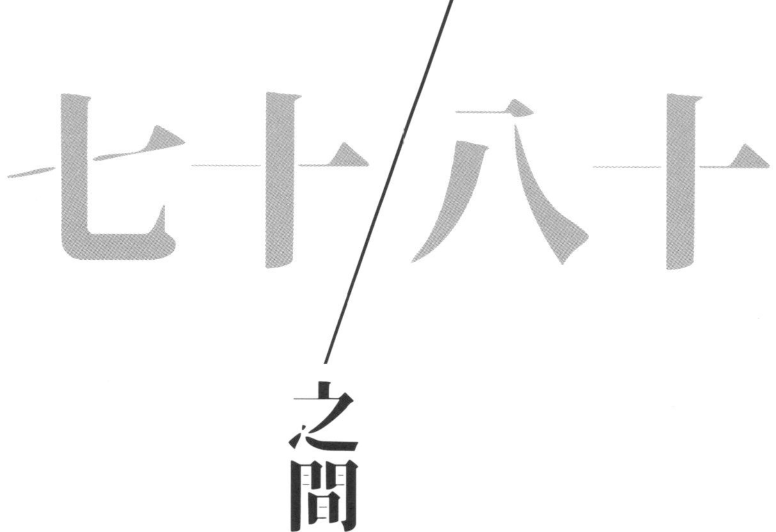

吳文芳 著

目錄

／＝與

獻給所有在七十／八十之間的人

和兩個還沒有任何文字基礎的小孫子

簡立／簡弘

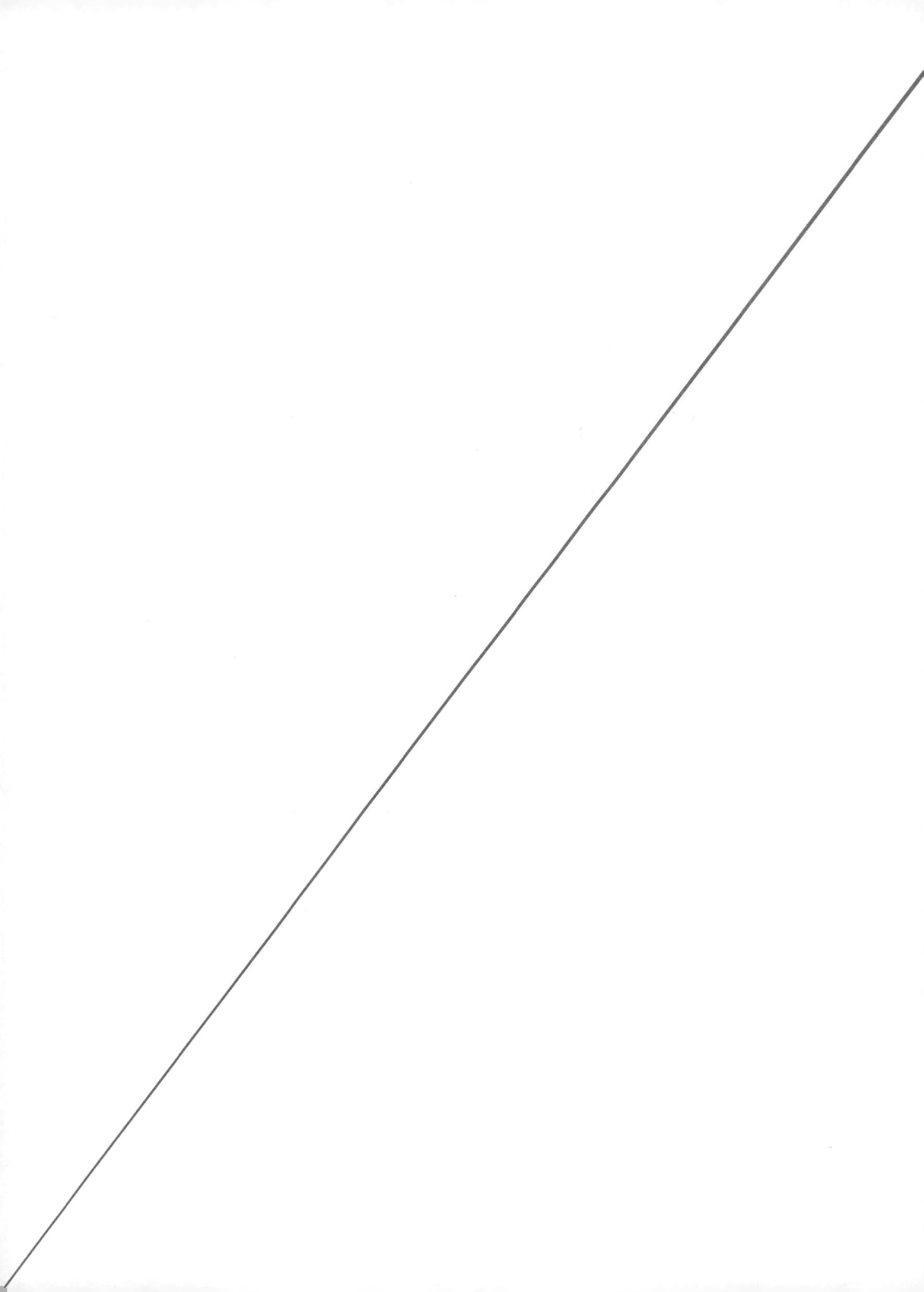

我們被扔進
這個世界

「扔」
是個動詞

在這裏
我們等待……

長大

成熟

然後衰弱

和消失

一切都在

身 心 感 受

之間
走馬
看花

吳文芳
24 ／ 02 ／ 2025

序 1

收到 Willde 的新作，乍看還以爲是寫「七老八十」的東西，細看才發現是他 70 歲之後的身心感受。雖然他說「機器開始壞了」，但一看他書中字體細小，說明他眼力仍佳，我就看得十分費力。能寫出這樣一本書，也證明他精力充沛，思路仍是清晰，記憶力還不差！他可能不知道，這會令同輩的人覺得有點氣餒！

Willde 實在點出了人生旅程走到後期的感受。踏進第七十個年頭，時間好像加快了腳步。年輕時往前望，總覺前路茫茫，來日方長，不知要奮鬥到何時。今日回望，以前的人和事，仍歷歷在目。彈指之間已過幾十年，如今只覺時間彌足珍貴，人生有限。

到七十多歲，人該是達到「看透人生，看透世界」的境界。我同意 Willde 說的，我們不會帶走什麼，貧乏病痛，都會成爲過去，功名富貴亦如過眼雲煙，就如他在旅途中所感：「我們都只是過路的人。」

將來就算有人爲你樹碑立匾，你也不會知道了，可能以後連你的孫子也會淡忘你。Willde 書中常提到過去的人、祖上、靈堂，其實不是悲觀，而是看透。他絕對不是他說的「你都唔化」的那類人。

在這旅程中，每個人都會用自己的方法記錄回憶和感受。這感受、智慧，值得被傳承下去。Willde 寫給他後代的話，就是一份有點心酸卻又珍貴的生活沉澱。

其實，我不完全相信他提到的「一命、二運、三風水」。「一命、二運」可能是指基因、種族、環境等等，但做人就是要不認命，要盡可能突破。至於「風水」，那些初創成功的企業，開始時可能是在車房、工廈中打拼，哪有什麼風水可言。所以說，只要自己安心、舒服就可以了。

心理學與中國的哲學有很多相似的地方。其實，樂觀和悲觀都是自己選擇的解讀世界的方式。觀念決定性格，甚至命運。「萬法唯心造」，把自己的心態調理好，做人就自在很多了。把無謂的爭奪放下，盡力把事情做好，70 ／ 80 歲之後覺得無悔、無愧、無憾，最後要離開時，就可以對得起自己和其他人了。

多謝 Willde 這本溫情之作。

前航空公司行政總裁

陳南祿

序 2

初次見到 Willde，是在 1971 年，加拿大多倫多市北約克區。

我最喜歡的加拿大歌星尼爾·楊（Neil Young）在 1970 年寫了《無助》（Helpless），歌中唱道：「安大略省北部有一個小鎮，有着如夢般舒適的回憶……」這和我的經歷很像。

我晚了三周才到多倫多的學校報到。離開了家，要開始新生活，人生路不熟，前路茫茫，我有點害怕。第一天放學後，我還沒有找到地方住，我和幾個來自香港的同學交談，其中一個叫 Willde，姓吳。一開始，我覺得有點奇怪，Willde？是串錯字了嗎？還是因為英文水準不高，所以亂起了一個名字？

英語、數學、物理、藝術等課程，我們都被分配在同一個班。這傢伙總是非常努力地保持冷靜，假裝樸素，非常勤奮，高度尊重他人，就像彼得·謝勒（Peter Sellers）那種冷靜英雄的類型，至少對我來說是這樣。他也像安迪·沃霍爾（Andy Warhol）那樣自閉，溝通能力一般般，典型香港中文中學學生，跳出條框思考不是他的專長。

但他的音樂品味高於香港青少年的平均水準，但沒有達到當時北美洲年輕人的水準，但追趕得很快。對的，我們當年唯一關心的是大家對搖滾樂的品味，以及行為是否和其他年輕人一樣。他的音樂天賦並不高，從未嘗試過演奏任何樂器。我也從來沒有聽過他唱歌。

在那些日子裏，我們總在談論白人社會的生活，該如何適應學校，怎麼賺錢交屋租和學費，是否有錢買票去看搖滾音樂會。我們沒有過多的時間談女孩子。到加拿大的第一年似乎總是很開心，然後我們就上大學了。

大學期間，在吸引異性方面，吳先生有主意了，他開始施展雕蟲小技，用詩歌、黑白攝影讓女孩子開心。談話一定不是他的強項，那些年，他是朋友圈中最常令我們唉聲嘆氣的人。但其實，我們也沒有真的責怪過他。

70 年代中期，我們沒有像高中那樣經常在一起，只在週末時不時一起喝酒，吃奶酪，抽煙。進入要工作養家的階段，大家愈來愈關注各自的事業和家庭了。

從 80 年代到退休，日月如梭，一群老友已經各散四方，幸好我們還在這地球上呼吸着，成為了網絡上的朋友。

披頭士樂隊的《艾比路》（Abbey Road）專輯，最後一首歌《The End》唱道：「到最後，我們得到的愛等於我們曾付出的愛。」70 多歲的我，完全明白這句歌詞的意思。

老朋友

岑潤生

自說／自序 之間

「做人嘅嘢……」這句廣東話，是我的口頭禪，意思是「做人這回事」。

一生中不知道該如何做人，有時候連不該做的，可以做得更好的，做了肯定會錯的事，都會在感覺到「模稜兩可」的時候做了。在這一段時間裏，我們經歷了每件事情從開始到完結之間所發生的一切。

2024 年是一個沒有「輕」只有「重」，沒有方向只有忙碌，沒有想笑的衝動的一年。背負着前幾年疫情留下來的不景氣，苦苦地等待着陰暗隧道的另一端可以發出一線曙光，哪敢期望耀眼的光芒，只要有一根火柴頭的光亮，就已足夠讓我們奔向一個沮喪過後、雖不豪華但全新的空間。有人說過，世界上本沒有黑暗，黑暗是因為缺乏光亮。再小的一點亮光，已經足夠讓大家呼出一口氣，看到自己伸出的雙手。

我是一個不安於現狀的老人。過去幾年生活在這種被動的等待中，終於在 2024 年最後那個晚上的十一點五十分，即 2025 年到來之前的十分鐘，我在一張 A4 白紙上寫下：我在 2025 年要過得主動。我要在沒有員工、沒有自己的辦公室、沒有任何收入的處境下，思考如何善用一部 iPad、一部 iPhone、一個頭腦、一顆不想停下來的心和一大堆記憶生存下去，創造一個新的我。

三年前我踏入古稀之年，我要求自己安靜地坐下來，徹底想清楚自己的處境，以後失望只會愈來愈多，而希望則愈來愈少。生命很現實，我在喃喃自語中，決定了以後做人不再模稜兩可，不再說而不做，不再等待別人對我好；同時創造自己的價值，讓別人還會需要我。時間無多，不再坐以待斃，守株待兔。

70 ／ 80 之間的我，兒女已經全部大學畢業，有照顧自己的能力了；老婆也變老了，不再需要爭妍鬥麗買衣服。我自己已知天命，亦看破大部分的紅塵，不駕名車，不喝貴酒，偶然被升級至商務艙，就是我剩下的人生僅有的外來快樂。那天晚上，我翻讀 Eric Weiner 的《The Geography of Genius》，重溫了這段話：「歷史上，不是在最大的國家、最富有的城市、擁有最多大學的地方，天才就會一個接一個出現；而是一個社會要懂得怎樣創造更好的氣氛和環境，透過鼓勵和誘導去培養全體社會人士，上下一心，懂得積極地去改變現狀，去創造新價值的年輕人，去超越已有，不甘追隨全力奔跑。」

八月份，我去了赫爾辛基兩天，在那裏的國會大樓廣場上，和憤怒小鳥的原創者 Peter Vesterbacka 談了半個小時，回來後我寫了一個關於如何提升感染力去點燃年輕一代的熱情的企劃案，包括如何尋找自己鍾情的方向，培養創造力，利用科技、常識、學問、媒體、藝術、設計等，增加讓自己睡不着的好奇心，緊隨自己一生一世的好勝心，保持思想上的飢餓感，創造自己的人生價值。

更重要的是，成功人士和掌權者應鼓勵、影響和支持這個社會下一代的年輕人，讓我們的城市可以更上一層樓，變成一個多姿多彩、有靈魂、有靈感、有頭腦、有創業精神的地方。當年佛羅倫斯的文藝復興，也是因為社會上許多有心有力的人士一起努力，創造了讓天才可以出現並得以一展所長的條件才出現的。

Eric Weiner 在著作中提及 Civic Joy（公民喜悅）這個概念。他將這兩個相當簡單的字放在一起，卻讓我在心中產生了一系列強烈的反應，嚇了我一跳。我在世界上活了七十三年，聽過 Civic Duty（公民責任）無數次，明白其意思和歷史，卻不明白為什麼我會對只有一字之差的 Civic Joy（公民喜悅）產生如此大的反應，並深深記住，成為我量度世界上許多城市、許多政府、許多政策、許多科技、許多規範的一把尺。

我出席過瑞士達沃斯的世界經濟論壇年會，聽過歐洲學會有關智慧城市建造的演講。每個公民，每個負責任的政府，都希望自己國家能出現另一個矽谷：日本的矽谷，中國的矽谷……如何打造矽谷？除了天、時、地、利，我覺得最重要的是要有一大堆沒有包袱而有「飢餓感」的年輕人。

2024 年 10 月中，我寫了一個方案，主題十分簡單：如何從創業的角度，讓香港年輕人有機會因為我的異想天開而再次獲得《The Geography of Genius》所說的公民喜悅，讓社會的快樂能量增加，讓香港的年輕人擁有屬於他們的地方，可以去沉浸，去探索。我希望可以創造一個啟蒙年輕人發展事業的基地，即是我們思維中的 Find, Found and Fund：尋找自己喜歡的事業，找到自己想發展的事業，爭取到資金去實現發展事業的夢想。

我想組織一個多姿多彩的場地，讓年輕人可以坐下來喝着咖啡，聽着經驗豐富的伯樂分享他們的意見和建議。然後有一天，他們靈光一閃——「呀，我找到了！」他們的熱情開始在心中燃燒，讓他們坐立不安蠢蠢欲動，讓他們來到這個基地——我叫它為「餓寶」的中心。在這裏，年輕人可以學習如何去做一份完美的商業計劃書，如何站在舞台上向潛在的投資者講解，讓一眾投資者為他們創新的思想而興奮。

在我與 Peter Vesterbacka 的構思中，Peter Vesterbacka 每年會在香港舉辦兩次 Slush 年輕人創業大賽。我十分希望，在不知不覺中，透過 Find, Found and Fund，可以將社會的歸屬感提升，讓我們的年輕一代感覺生命更有價值，這個城市也得到持續創新的動能。

在這本書裏，我將自己在人生最末端要去面對的境況、心情上的輕／重以不同角度和方式呈現，想到什麼就寫什麼，寫不出來的就畫出來，這樣漫無目的地表達自己七十歲後每天的身、心、感、受。讀者們會否和我有所共鳴，那就不知道了，應該有可能吧！

寫這本書的日子裏，我就像是少年維特在處理當時的成長煩惱，不同的是在歲數上我們相差了六十多年。「身、心、感、受」的過程中，我就是老年維特，在七十三歲要面對另一種成長，充滿了不安和煩惱。

漫談一命

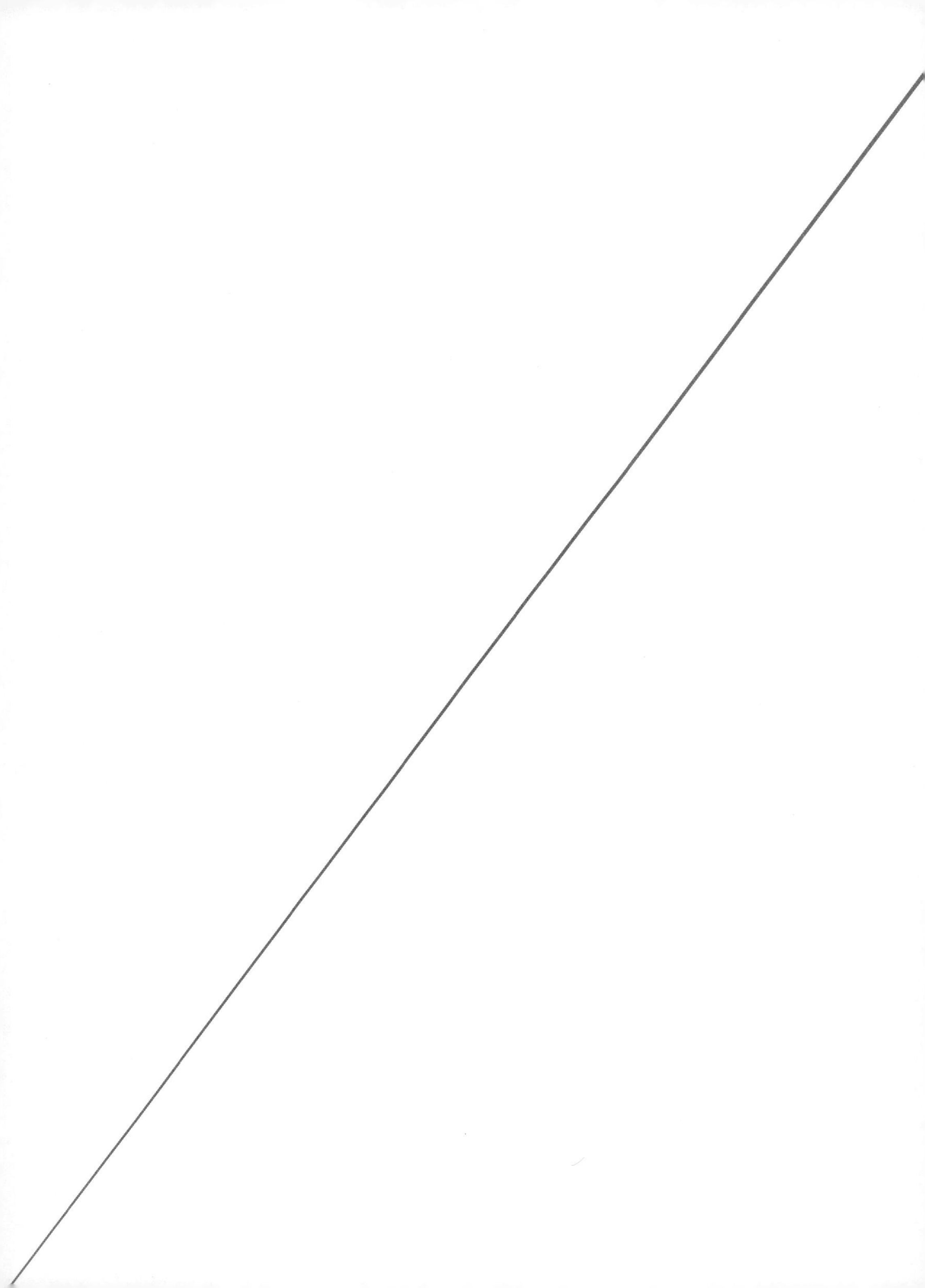

老人家說，做人「一命、二運、三風水」。我年少氣盛時同意「一命」這個說法。我們是被扔到這個地球上的，沒有想做富二代便可成為富二代的這種選擇。「二運」，誰也不知道會遇到誰和會有什麼際遇，所以人們常説碰運氣，運氣是「碰」回來的，這句話也有它的道理。至於「三風水」，這一點我就不太清楚自己該同意多少了。日子過得不錯，可能是因為我爸的墓地面對一條河而風水好，但也可能是因為我家大門向東不向西，到底是哪個原因，這讓人很傷腦筋。七十三年來，我覺得自己的人生大部分時間不能自主，只剩下 17% 有一點機會自主。就像坐在餐廳裏，看着餐牌，可以自己決定吃雞還是吃牛，這個可以自主選擇的空間，也就是自由。在人生中，我被扔來扔去，被拋上拋下，被寵，被騙，被利用……試過順遂，嘗過失望，經歷多了，經驗豐富了，抵抗力和忍耐力也隨之增加了。七十多歲了，我想我多少也有些結論可以和大家談談。

生命是一條直線，有長有短。

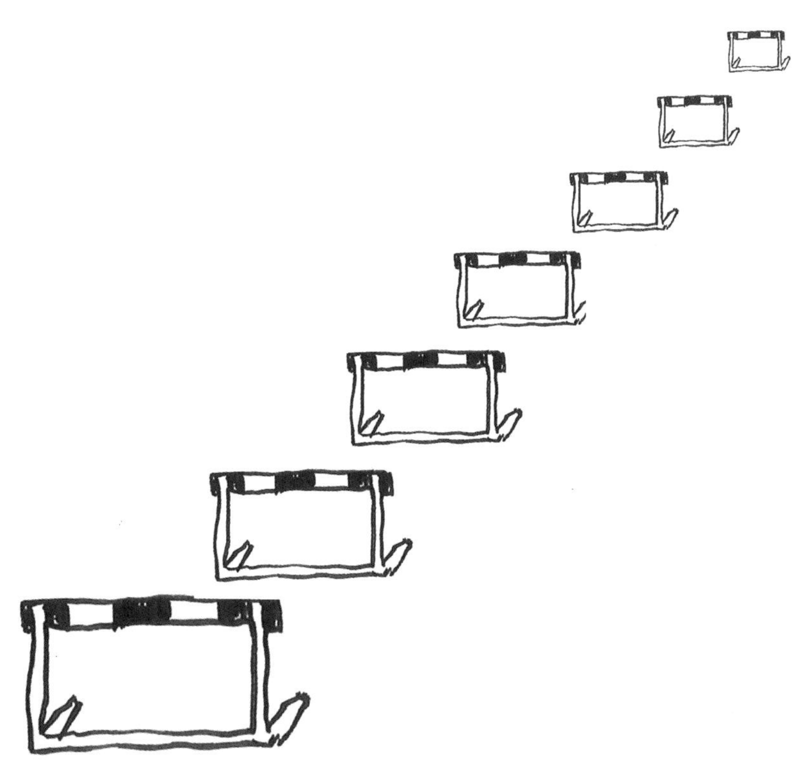

世界上的路都是由噴發後冷卻下來的岩漿形成，是不會平坦的。

路是人走出來的，
馬路是鋪出來的，
指示牌是給車子裏面的我們去跟隨的。

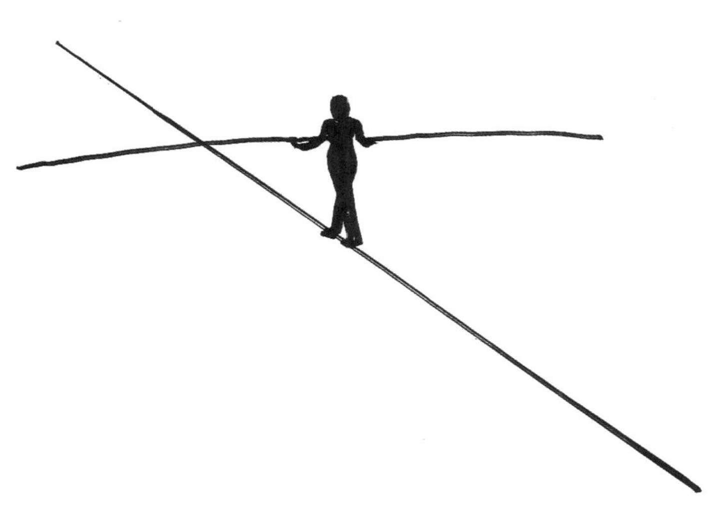

每天都在直線上往前走。

人生不是一套電影，不能夠重複十個八個「再來一次」。

某天突然之間，
發現自己需要一支拐杖。

突如其來……

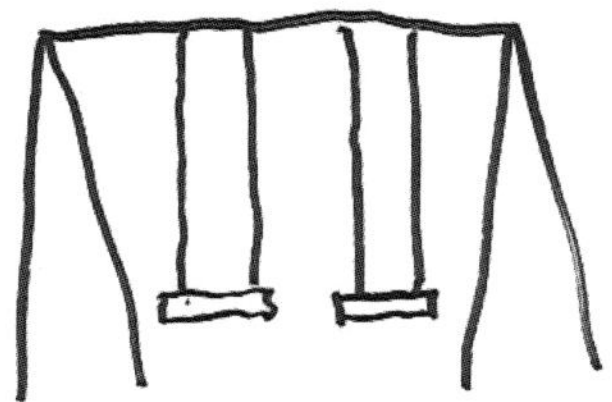

某一天，其中一個位置會空了出來。

某天出現乏力的感覺，
原來是因為機器開始壞了。

然後，然後，就在那一天，雙腳不再踏實地了，
可是心中還有想走的路。

我們兩手空空而來，
一生中卻又想佔有許多東西。

要走了，
能帶走什麼？
能留下什麼？

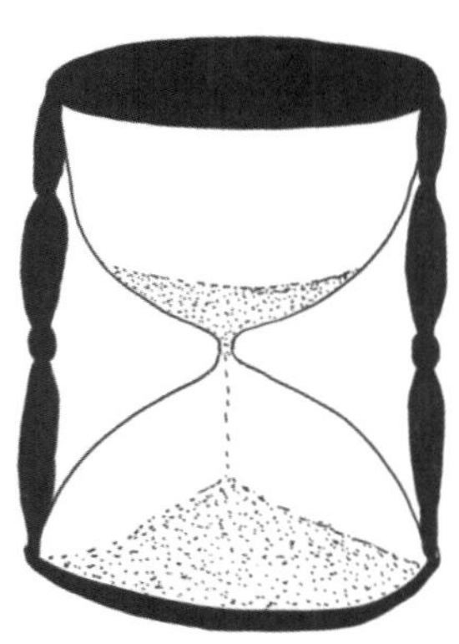

如果沙漏裏面的沙是剛煮熟的糯米就好了。

觸碰二運

三思風水

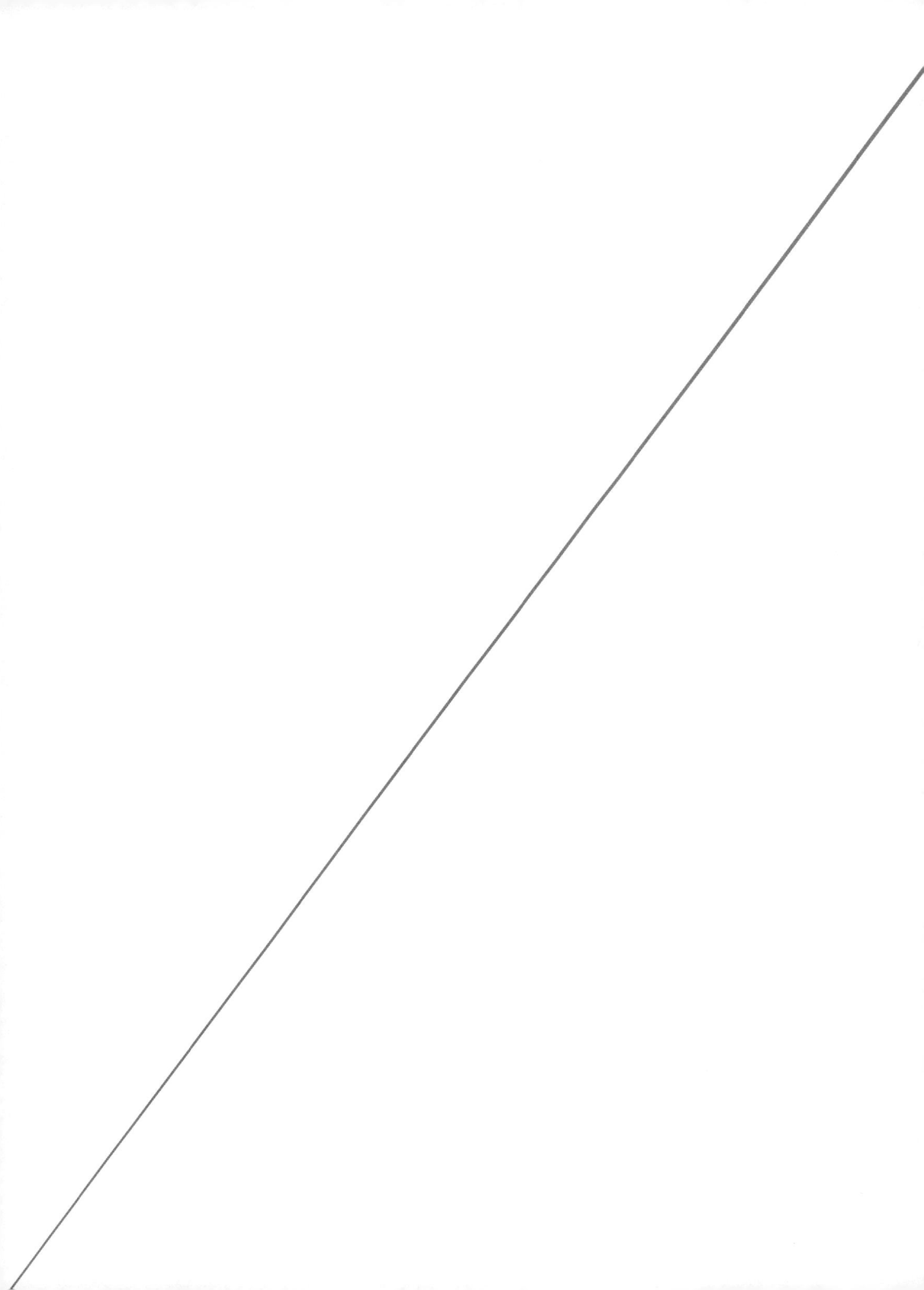

在這個世界上，七十歲後的我們要擁有一具可以讓自己繼續開心快活地使用的身體並不容易。在多數的日子裏，我們都只可以勉強地去接受歲月催人老的安排。就像電影中的主角，導演要他老，銀幕上的他就要老。現實中也是一樣，七十歲的我們也有屬於我們的劇本，你不但要接受劇情的安排，還要作為表演者去演這個人生劇本。在一句句長嗟短嘆和喁喁自語中，我想起這句人們說了幾百年、幾千年的「一命、二運、三風水」。已知天命、患得患失的日子裏，我要學懂如何看得通透，學懂如何開竅。七十多歲，不再做夢了。

可是……

「有人感受着臉上的雨點，
有人只感到被雨點淋濕了。」

始／終 之間

「一命」，是一條生命中被允許的直線，一切從零開始。我在懵懵懂懂的人生初始之時，並非生長於富二代、官二代的家庭中。相反，父母連帶我們的家庭被祖母長期忽視。我只有一個很愛我，很懂得照顧我，保護我，沒有大學學位，沒有社會資源的媽媽；還有一個過於信任朋友，做生意沒有成功過的爸爸。五歲的時候，我已懂事。從爸爸身上，我從小就看到了「命」的安排從來不具有選擇功能。在舊式家族餐桌上，有些碟子的菜只有長子嫡孫才有資格伸筷子去挾。但即使是我可以挾菜的碟子，由於父母不受重視，我也需要鼓勵才敢把筷子伸出去。我兩個妹妹同樣從小就明了身分與家庭階級地位的關連。一個小孩子從呱呱墜地時是男是女，父母每月賺多少錢，就開始接受「命」的定位，這就是「一命」。

「運」，名詞而言就是「運氣」。「運氣」，又可以指「運送氣流」。風水對我來說是陌生的。什麼向東、向西，年輕的時候對這嗤之以鼻；直至年紀大了，我才有了少許感覺。我在想，如果風水與空間有關，不論向東、向西、向南、向北，只要人置身其中感覺舒泰，不會因為外在的環境而減少自信心，那就是一個好空間，一個好風水的所在地。1986 年我工作的公司搬遷，我被分配了一個小房間，房間內有貫穿樓上樓下的廁所大渠，直徑約十三四吋；小房間一打開門就是一條通往其他部門的長走廊，盡頭是一條橫向的通道，通往另外一條更長的走廊，一直去到電梯口，形成了一個室內的十字架。有天晚上十點鐘，我站在自己辦公室門口、走廊的盡頭，在只有我還留在公司的情況下，赫然看見在七百呎以外的走廊的另一盡頭，有個白衣男士正看着我。我被嚇了一跳。我還敢回家嗎？電梯在他那邊呀！我走回辦公室內坐下，一分鐘後再走出去，望向走廊盡頭，發現那人是我自己。原來，有人關上了走廊上的一道大玻璃門，黑暗中我隱約看到的白衣男士，其實是自己在玻璃中的倒影。

過了一個星期，老闆請了一個姓楊的風水師傅來整頓公司風水不足之處。我私底下第一次請他指點迷津，問如何升官發財，天不怕地不怕。「你屬？」「屬龍！」「哪年的龍？」「五二年龍！」「幾月龍？」「農曆五月十二日龍！」

他合上雙眼，全神貫注，手指合了又分，分了又合，口中念念有詞。兩分鐘後他說：「那是閏年兼閏月，一甲子，六十年轉一個圈。」這個我也不懂，我只想知道如何減少那形似一支箭插去我房間的走廊和會發出聲音的廁所大渠對我的影響而已。這時候師傅的雙眼已完全張開，慢條斯理地吐出了天地之間最滑稽的箴言：「將你房間中的廁所渠用木板包起來做個假柱，它將會是你左手拿着的玉璽。你走出去站在門口往前直望，頭再向左向右 180 度來回轉兩次，就會看到分佈在長廊兩旁四方格裏面的員工，他們都會在你右手緊握着的尚方寶劍下，努力為你工作。」我噗哧一聲大笑了出來，一生中從未聽過如此荒唐的笑話。我不知道如何去停下自己的笑聲，不置可否地跟他說了再見。心中想着，我要相信他，還是嗤之以鼻呢？在楊師傅動動手指加加減減的計算下，我獲得一個這樣趣味無窮的解決方案。如果當時我相信楊先生的說法，那我是迷信；如果不信他，則每天都要跟一個發出聲音的廁所渠共處一室，跟一條讓人疑神疑鬼的走廊鬧情緒，我要面對的可能就會是一個讓人身心天天有不同感受的迷離境界。

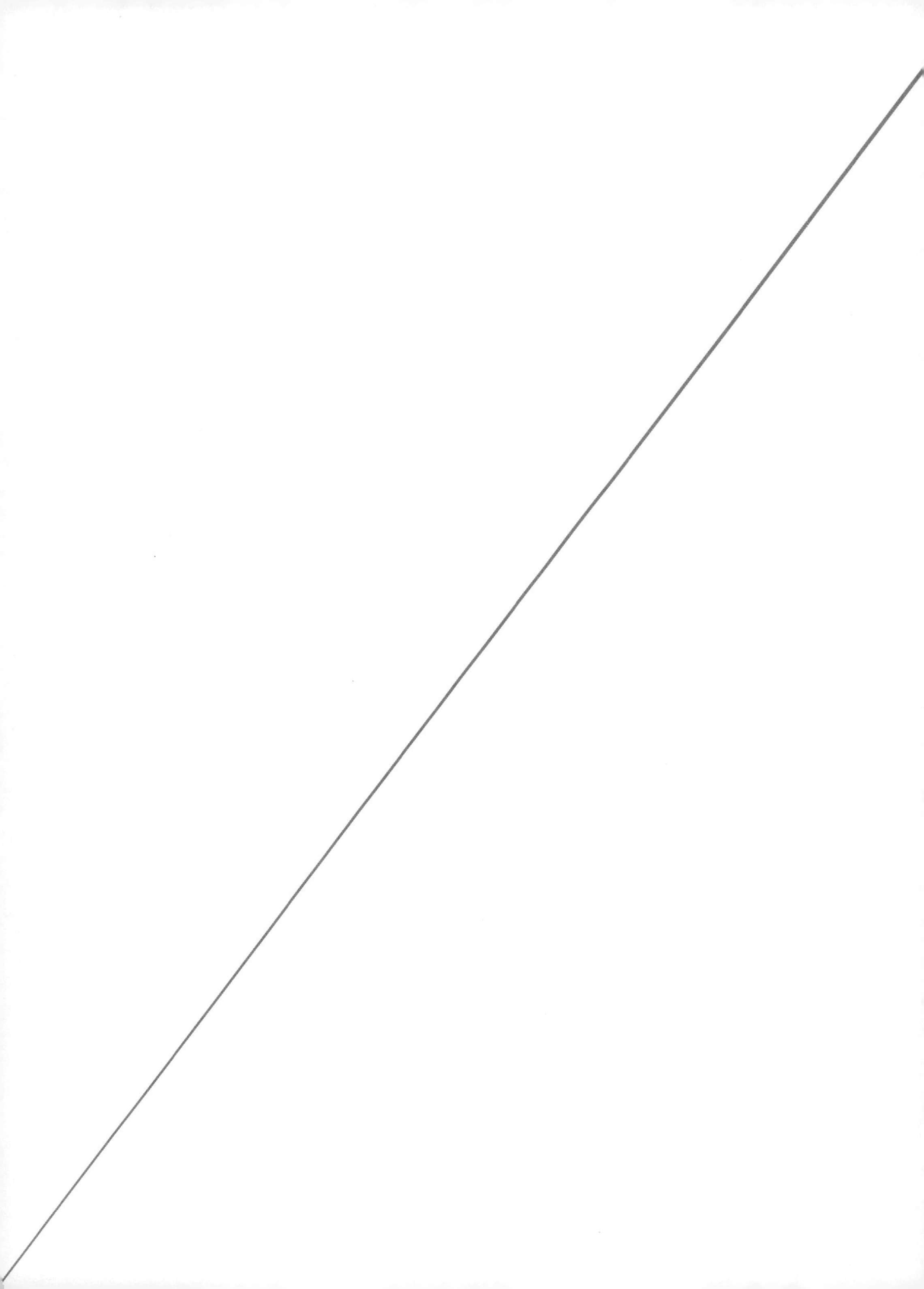

這兩年來我做了兩次祖父，有了兩個小孫子，目睹他們來到這個世界，身體每天都在快速變化。小孩子每天都在攝取營養，像海綿一樣不斷學習、吸收知識。他們日漸長大，對世界開始有所反應，學懂在地上爬行，然後站起來，慢慢懂得走路、說話、唱歌……反觀我自己，則開始了相反方向的一條路：雙腳走路慢了，身體搖晃了，耳朵不靈了，視線模糊了，記憶力衰退了。感覺只有四個字，「大不如前」。任何一個過了七十歲生日的朋友都會知道我在說什麼。七十歲的身體，唉，不一樣啦……

咬／牙之間

「年齡」的「齡」字中，「齒」代表與牙齒或年齡相關的概念。牙齒的數量和狀態往往反映一個人的年齡。古人認為牙齒的生長和掉落與年齡變化密切相關，我們常說的「年紀大，機器壞」就是這個現象的寫照，是上天的安排，人們也只能接受上天這安排。人類是有智慧的動物，經驗的累積使我們知道，如果不保護牙齒，就吃不到一切無論好吃或不好吃的食物，吸收不到任何營養，會活活地被餓死。為了保護牙齒，人類發明了牙刷和牙膏，後來又出現了牙線等。牙醫成為了高級的職業，美牙的商品亦應運而生。君不見最近世面上種牙的廣告數不勝數。為什麼？

牙齒只是我們身體的一部分。在身體的表面，皮膚具備呼吸、排放的功能，同時還有耳朵、眼睛等其他器官日以繼夜地為我們工作；至於身體內，則有心、肝、脾、血液、骨骼等在協調和組織。我們進食食物，排出廢物，每天帶着身體內複雜的機器去開會，去上班，去運動，去聊天，去遊手好閑，去談戀愛，去生孩子，去爭先恐後，去出人頭地。人類從嬰兒時期沒有牙齒，到一顆接一顆長出來，然後又因為吃了太多糖果而有壞牙，不得不換牙……直到成為老人家，一口真牙和假牙互共存。可能是七十真，三十假，也可能是四十真，三十假，三十空。最近醫生想為我種牙，我心中想，這會是一個好的投資嗎？花的錢只有六七年左右的回報期，划算嗎？

某天，我躺在牙醫診所的手術椅上，張開了口，在等待彭醫生的電鑽在我口中發出聲音之前，想起了兩個女兒小時候，我和老婆看着她們冒出來的第一顆小牙齒，興奮地尖叫的畫面。上天給我們牙齒去享受吃東西的快感，牙齒可說是我們身體裏最堅硬的東西，可是再堅硬的牙，也會因為我們不懂得保護，而像我一樣要躺在診所裏接受痛苦的搶救。

吸／呼／吸／呼 之間

人類出生時的第一個反應是「呼吸」，這是環境的變化和刺激（如冷空氣和聲音）引發的。此外，嬰兒會哭泣，這種自然的反應有助於打開肺部並促進氧氣的進入。除了呼吸和哭泣，嬰兒還會有以下的即時反射動作：抓握反射，自動抓住觸碰到的物體，這是生存本能的一部分；嬰兒腿部、手臂等一些身體上的活動，都是對外界刺激的自然反應，例如當臉頰被觸碰時，嬰兒會自動轉向觸碰的方向，本能地尋找乳頭、開始吮吸，這相當於尋找、攝取食物；另外，還有吞嚥反射，令嬰兒自動吞嚥母乳或配方奶，確保能夠進食；至於眼睛追蹤，則賦予嬰兒對移動的物體或人臉進行追蹤的能力，這有助於他們的視覺發展，嬰兒的眼睛對光線和運動有反應時，顯示出對周圍環境的初步認知；當嬰兒的腳接觸到平面時，會出現類似走路的動作，被視為步行反射；對突然出現的聲音或動作，嬰兒會展開手臂並迅速收回，表現出驚嚇的反射動作。

這些本能反應有助於新生兒在出生後適應環境及生存，而這些成長過程都是六七十年前我們走過的路。這些我們曾經努力爭取來的本能，在一把年紀的現在又去了哪裏？失蹤了？隨着年齡的增長，這些反射會隨着大腦和神經系統的發展而逐漸消失。然而，某些反射（如驚嚇反射）在特定情況下可能會再度出現，例如在面對突發驚嚇或壓力時。老年人的神經系統變化可能會影響這些反應的表現，但不會完全恢復到新生兒階段的狀態。「年紀大，機器壞。」這是年紀大的香港人在做不好一件事、忘記一件事、決定錯一件事後的自責和自我調侃，低下頭來的最終認知。以前的美麗和威嚴……往事只能回味。

五臟／六腑之間

我屬木，需要水，怕火。我們的心、肝、脾、肺、腎也有各自的特點。我們有四肢，有幾乎完美的軀殼；有心臟為我們運輸血液；此外，肝臟是人體中最大的內臟器官，具有多種重要功能：一）它會為我們調節血糖水平；二）分解脂肪，生成能量，並合成膽固醇和脂蛋白；三）分解和排出毒素，保護身體免受有害物質的影響；四）合成多種重要蛋白質如凝血因子，維持血液的正常功能；五）生成膽汁，促進脂溶性維生素的吸收；六）儲存多種維他命和礦物質；七）含有庫普弗細胞，參與免疫反應，幫助清除細菌和死細胞。

五臟六腑是中醫學中對人體內臟的分類，分別代表着不同的功能與作用。脾主運化，負責營養物質的消化、吸收和轉化。肺主氣，調節呼吸，負責氣體交換，維持水液代謝平衡。腎主藏精，調節水液代謝，影響生長發育和生殖。膽儲存和排泄膽汁，參與消化。胃主受納和消化食物。小腸負責消化和吸收營養物質。大腸主吸收水分和排泄廢物。膀胱儲存和排泄尿液。三焦調節全身的氣血和水液，起到「通道」的作用。

五臟六腑與左腦和右腦的功能相互關聯，通過神經和內分泌系統進行合作，維持身體的整體運作。心臟的健康狀態直接影響情緒，而大腦中的情緒調節區域（如杏仁核）又會影響心臟的功能。肝臟的疏泄功能與情緒調節密切相關，肝氣鬱結可能導致焦慮或抑鬱，而大腦的前額葉負責決策和情緒管理。

脾主運化，影響滋養大腦的營養物質，保證有足夠的營養支持大腦的認知功能。肺的功能直接影響氧氣供應，大腦需要充足的氧氣才能正常工作。腎藏精，影響生長和發育，良好的腎功能有助於大腦的記憶和學習。左腦負責邏輯思維、語言能力和分析能力。右腦則負責創造力、直覺和空間感知。

五臟六腑通過神經傳遞信號，影響大腦的功能，如情緒、內分泌系統透過調節腺體分泌的激素影響大腦的應激反應。神經反饋機制控制大腦對身體狀態的感知，如飢餓、疲勞會影響到五臟六腑的功能，形成反饋調節。五臟六腑與左右大腦通過神經和內分泌系統相互作用，共同維持身體的生理平衡和心理健康。

左右兩腦的結構和提供的功能有所不同。我旗下有一間公司注冊名字是thinkingwithoutthinking，我的邏輯很簡單，懂得分析邏輯的左腦加上富有感性價值的右腦，那就能夠達成最有效的溝通了。善用左右腦可以提升思維能力、創造力和解決難題能力。以下是一些建議，幫助大家去充分激發左右腦的潛力。

左腦的運用：鍛煉邏輯思維，參與和數學有關的活動，提升推理能力；練習分析問題的方法，如使用思維導圖或流程圖；閱讀書籍、寫作和學習新語言，增強語言表達能力；制定計劃和目標，提升時間管理技能；學習分析數據，進行統計和報告撰寫。

右腦的運用：參與藝術活動，如繪畫、音樂、舞蹈等，激發創造力；練習自由寫作或即興演講，鼓勵思維的流動性；加強直覺與感知的敏感度，提升感性判斷能力；慣性的冥想或正念練習，能提高對內心和外部環境的敏感度；培養視覺藝術素養或設計思維，讓空間感和形象成為分析事物的角度；重視情感表達的影響力，學習情緒管理，通過藝術來表達情感；加上跨界學習，結合科學與藝術，利用科技、設計、繪圖、音樂與數學，激發兩腦的協作。

通過有意識地鍛煉和運用左右腦的不同功能，可以提高思維的靈活性和創造力，實現更全面的個人發展。

中喝／西吞 之間

西藥是吞，中藥是喝。

我一生中吞了不少感冒丸、消炎丸、降血壓丸、降膽固醇丸、薄血丸，喝了不少小時候覺得苦不堪言、十里外都可以聞到濃濃味道的中藥。吞西藥很難，小時候常常是整杯水都喝光了，藥丸還是黏在舌頭上。另一個畫面更加讓人難以忘懷，在哭鬧中，媽媽總會捏往我的鼻子，讓我張開嘴巴，然後深黑色的液體就會被灌進我的口中。孩提時的我患了百日咳，那段時間媽媽總會強迫我又喝中藥、又吞西藥。我們一生都在不知不覺中，過得既中也西，很是迷惑。

有人告訴我媽媽，什麼藥都沒有功效，因為命中注定我不可以跟爸爸媽媽過於親密，否則我會養不大。於是我被過繼給了別人，名分上是屬於別人的孩子。他們警告我，在任何時候，我都不可以叫媽媽或母親，但又不知道為什麼我可以叫爸爸、祖母、阿嫲。二十四歲前，我只可以直接叫媽媽的名字「輝阿」，一直到我讀完書回來，才第一次改口叫她「媽媽」。要改變一個二十四年的習慣，當時覺得很不自在。

「媽媽」是中國內地的叫法，香港很多小朋友都會跟西方那般叫「媽咪」，那是一種顯得更親暱的叫法。我後來聰明地選擇了廣東話版本的「老媽子」，解決了我幾十年的尷尬。又中又西，這在香港很常見，無論是在語言、食品還是運動上，例如有人去健身室做運動，有人去公園打太極……香港處處都充斥着既中且西的景象。

可能因為我是南方人，氣候轉變之間鼻子經常發炎，但看西醫照 X 光都得不到任何根治的方法。後來偶然遇到一位中醫師，每個星期六早上，我躺在他家客廳的病床上，額頭兩針、頭頂兩針，記不了腿上兩針還是四針，最重要的是鼻孔旁的兩針，那穴位叫作「迎香」。每次醫師在「迎香」位置下針，我的身體都會在自然反應下，上半身暴力式地從床上自動彈起，連續不停打噴嚏二三十次，然後氣喘吁吁地躺下，一切回復寧靜。療程結束之後，跟醫師說句仿上海話的拜拜，搭電梯下樓到駱克道，漫步於星期六早上仍在霓虹光管照耀下的酒吧區。這樣的星期六早上維持了六個月，第二十六次後鼻子通了，我在說話前，不再需要哼上兩三聲才能開口。從此以後，我永遠忘不了「迎香」這美麗的穴位。

港式現代化的成長，我們有太多機會知道盤尼西林、阿莫西林、阿士匹靈、美托洛爾、西咪替丁，又同時知道夏枯草、川貝、當歸、人參、枸杞等。大家都在一知半解的過程中，透過既中且西的方法去維護家人的健康，去豐富自己的生活，甚至達至學術上的中西薈萃。在中醫面前我們信賴中醫，在西醫面前我們也很信賴西醫。這就是港式的成長。

更奇怪的是，香港人竟然曾經榮登最長壽命的世界紀錄。有可能是因為香港的資訊發達，無論什麼範疇的知識，就算你不主動去接觸，也會有人讓你從不同渠道獲取。什麼是血糖過高，什麼是卡路里，什麼是青光眼、通波仔、搭橋，為什麼要吞薄血丸，高溫瑜伽的好處，麥蘆卡蜂蜜的作用，冬蟲夏草、拔罐、刮痧、琵琶針有什麼作用等……各式各樣的醫療健康資訊隨手拈來，加上手腕上的智能手表告訴我們今天走了多少步，血壓高了多少度。每天我們的身體都生活在 Android 與 IOS 的環繞下。坐在客廳的電動按摩椅上，手上的手機正在解釋 NMN（Nicotinamide Mononucleotide，β- 煙醯胺單核苷酸，一種重要的營養素）的好處，隨着手指一刷，我們又知道了靈芝孢子抗氧的作用。

相比過往，我們變得更長壽，老人家增多不少。如果說長壽是因為健康，那健康就是快樂嗎？我感覺我們並沒有生活在一個很快樂的城市。在公眾場所中，我們也不常看到快樂的人群。我們看到大多數市民都顯得憂心重重，神情沒有絲毫的輕鬆閒適，為什麼呢？

我運用中式的冷眼旁觀和西式的邏輯推理，加上 ChatGPT 的分享，發現許多人都患上了都市病。有時過量的資訊增加了擔憂，工作壓力令人活得更加憂心，許多人都產生了心理上的問題。我的一個朋友今年八十四歲，醫生要求她每天在家中檢查血壓再報告給醫務所護士，令她產生無形的壓力。每次坐在餐桌前量度的那幾分鐘，她的血壓一定飆升。我有一陣子嘗試學習中醫，但完全徒勞無功。有天老師告訴我們不要灰心，做不了中醫師的你們，都可以做個出色的「睇相佬」，因為你們已經懂得觀人於微。

我常聽到人說：「都七八十歲了，不要再胡思亂想，心該靜下來啦。」可是我靜不下來，以往會憂心身體不如年輕人般跑得快。可是在 2008 年中風，照了無數次超聲波、MRI，重新學習走路後，我發現全世界的人都會忘記事情最初始的前提和本質。我曾經和腦科專家彭醫生說過，我生病後看到的世界都不一樣了，我覺得人群中大家都在說話，都在解釋，好像沒有太多人可以看通一件事情的根本條件，去用最快的思維作出決定。我則在手術後失去了所有的耐性，因而可以不假思索地提出意見。我問彭醫生：「你在我的頭腦中做了什麼改動？」醫生回答：「我只將你兩組神經線疊在一起，其他的還是原封不動。」

不會病／會病 之間

健康問題是 70 ／ 80 最大的壓力來源，我們內心有千萬個不願意去接受頭髮掉了、白了，黑斑出現了，腳步慢下了，耳朵不靈敏了，性衝動沒了，口臭多了……全世界步向老年的人都在告訴自己，這是「正常的」，是「科學的」，是「必然的」。但無論我們如何通情達理，心情還是一樣不好受。DNA 與老化之間的關係是生物學和醫學研究中的一個重要課題。以下是我一些很主觀的看法，有科學的，也有我有感而發的。

七十歲後的我在一天二十四小時中，朝三暮四，控制不了情緒的變化。我跟其他步入七十歲的人一樣，要去面對一些會發生在我們身體上的狀況。我們不會歡迎它們，但一定要接受它們。樂意與否，都是上天的安排。接受了，我就可以開懷一點，笑一笑去接受即將出現的伴隨着失憶、乏味、乏力、易動怒、四肢疲軟等症狀的新生活。這些會發生的狀況包括：

基因突變：隨着年齡的增長，DNA 在細胞分裂過程中可能會發生突變，這些突變可能影響細胞的功能，導致老化相關的疾病。

端粒縮短：端粒是位於染色體末端的保護結構，隨着細胞分裂，端粒會逐漸縮短。當端粒變得過短時，細胞將無法再分裂，進而進入衰老或凋亡狀態。

表觀遺傳變化：老化過程中，DNA 的表觀遺傳標記會發生變化，可能導致基因表達的改變，影響細胞的功能和健康。

氧化壓力：細胞在代謝過程中產生的自由基會損害 DNA，這種氧化損傷隨着年齡的增長而增加，加速老化過程。

修復機制的下降：隨着年齡的增長，細胞修復 DNA 損傷的能力會下降，導致細胞功能的喪失。

這些因素共同影響着細胞的健康，並在整體上促進了老化的過程。研究這些機制有助於理解老化及相關疾病，研究出新的治療方法。

在我的角度，我更希望處理的是自己的思想。2008 年我中風，如果沒有當時的新醫學科技，現在的我就不會擁有今天這具仍可以到處去的身體。病後初期，我跟初生嬰兒一樣，要重新練習走路，伸手拿水杯要靠一塊木板，很多習以為常的生活能力，都要在無能中不斷練習，才能找回曾經擁有的以前。

在重新練習人生技能的過程中，我重新認識到行動自如的快樂。六十歲那年，只要我有能力，就督促自己去幹更多的事情，去幫助更多人，去更多的地方，去看更多的水。是湖、是河、是海都有膽量跳進去，每個沙漠都可以滾下去，每個冰川都要走上去。七十歲後，心知肚明，情況已大不如前，我又要重新再做一個計劃了。

知己知彼，以下是我調查過，並想與大家分享的 70 ／ 80 之間會面對的十大疾病流行榜：

1. 心臟病：

   心臟病已成為天下頭號殺手，其中，高血壓性心臟病及冠狀動脈心臟病是最常見的類型。秋冬期間，是心臟病病發的高峰期。

2. 高血壓：

   男性 40 歲、女性 35 歲之後，血壓會明顯地上升，正因為太普遍，反而被大家輕視。但是，在這個榜單中，就有不少問題和高血壓直接或間接有關，如心臟病、糖尿病、視力減退。

3. 高血脂：

   指的是血液中的膽固醇值異常，這與飲食習慣有關。如數值太高，「壞膽固醇」（低密度脂蛋白膽固醇）容易滲入血管壁中，形成動脈粥狀硬化。

4. 肌肉減少：

在美國，六十五歲以上獨居老人跌倒的機率高達 30%，後果可大可小。容易跌倒的主要原因是我們吸收蛋白質的能力減弱了，導致肌肉減少，行動力下降。

5. 糖尿病：

患病率隨年齡增長而上升。在香港，65 歲以上人士中有超過 20% 患糖尿病，最常見的併發症包括視網膜病變、心血管病變、腎病變。

6. 骨質疏鬆：

據統計，65 歲以上台灣城市婦女中，19% 有脊柱壓迫性骨折，男性則為 12%。骨質疏鬆初期沒有明顯症狀，通常在骨折後才會發現。

7. 退化性關節炎：

老年人的關節能成為「氣象台」，預知天氣變化。當天氣轉陰，關節便腫脹、發炎、疼痛，膝蓋、臀部等承受重量的關節處感受會比較強烈。

8. 失眠：

六十五歲以上老人失眠的比例是年輕人的五至六倍，睡不着大部分是心理原因，如：喪偶、兒女不在身邊而感到孤獨，擔心經濟狀況等。有人會誤以為老人睡得少是正常的，其實每天至少睡六小時才足夠。

9. 腸胃障礙：

腸胃問題對生命構成威脅的可能性較低，不如血管或呼吸系統被重視，但時常困擾老年人，症狀包括消化不良、脹氣、腹瀉或便秘等。

10. 視力退化：

視力明顯退化是老化的象徵，常見的問題包括老花眼、白內障、青光眼、飛蚊症及老年性黃斑病變，其中青光眼及黃斑病變影響最大。

以上流行榜的疾病十居其九都出現在我身上了。剩下的，我會平心靜氣地去改良一兩個 % 。這是我的一些想法，知己知彼，才能有點小勝利，不僅是在身體上，也包括我們的心情。年輕人的追求跟老年人的不一樣，年輕人說速度，老年人說穩定。老年人說一動不如一靜，年輕人說不做 Zombie。

大／小之間 1

在我們的生活中，「比較」無處不在：雞蛋價格比去年貴了三塊錢；年輕人為了賺多五百元而頻頻轉換工作崗位；股票市場裏，大家期望的就是買入和賣出時的差額。比較差距，從中取利。兩端的差距就是「之間」，我們生活在持續不斷的「大件事」和「小意思」之間。大街小巷上，有大人和小孩，有大人物和小市民，面對着一項項小問題、大前提……這裏我想談一組「大／小之間」：

小便

年輕時去過一間韓國餐廳，餐桌上有張卡紙介紹他們國家的一種米酒，內容大概是：喝了這種酒，男人在小便的時候，尿的力度之大可以令韓國古代的尿壺噹噹地響起來。那個時候，我說五十年後我才需要喝。現在，三十年後的今天，小便再也不響了。

一個男人，無論他曾經是上市公司的主席，社會上的大情聖，還是功夫片裏的大英雄，年屆七十之後，都會在不知不覺中發現小便從一條直線變成了分叉的兩條，不知不覺中有一條射到了尿兜外面而未察覺，直至右腳鞋面濕了，附近地面濕了，有時候連自己的褲子也給「光顧」了。開始的時候還會怪責自己不小心，後來知道了這是人類進化的一部分，也就接受現實，完事後檢查一下自己的雙腳和馬桶座，不然會被老婆罵的。這是白天面對的壓力。至於晚上，則不能像以前一樣到第二天早上才一口氣去方便。如今在晚上十時上床與早上七時半起床之間，除了喝藥，一滴水都不沾唇。但是，即使睡前什麼都不敢喝，還要醒來兩三次，上廁所一到兩次；喝一小杯水的話，下床兩三次。

年紀與小便的關係主要涉及生理變化和健康狀況。隨着年齡增長，人體的腎功能、膀胱容量和尿道功能可能會發生變化，從而影響小便的情況。年齡增長可能導致腎臟過濾功能下降，影響尿液的產生。膀胱容量隨着年齡的增長減少，膀胱彈性減弱導致排尿頻率增加。此外還有激素變化方面，特別是女性，隨着更年期的到來，激素水平變化會影響膀胱和尿道的健康。年齡大的人活動量減少，會帶來一系列生理變化，這些變化都會影響小便。老年人容易出現尿失禁、尿路感染等問題，是令人在飛機上，在會議上，在電影院中，在婚禮中，在回家途中容易喪失尊嚴、最迫切的困擾。希望我可以研究出一款最有體面的成年人紙尿片。年老的我們，又回到了最初來到這個世界的待遇。

大便

隨着年齡增長，腸道蠕動可能會減慢而要面對便秘問題，缺乏纖維和水分的攝入也會使其加重。另一方面，某些肌肉的控制能力減弱，失禁更會隨時襲來。在容貌上，我們可以打幹細胞，甚至整容去消滅眼袋，大小兩便卻是最令大家沮喪的問題，極度難為情的局面可能為我們帶來無地自容的災難，又或者是體驗到一種如救世主出現般的如釋重負。不過隨着年齡的增長，我們的消化系統和排便習慣的改變，讓面對及接受「失禁產品」已默默地成為現實，就如回到嬰兒年代去使用成人紙尿片。欣然接受與否，已經不再重要了。

遺／傳 之間

有一年我在劍橋大學附近發現了一間酒吧，名字叫 The Eagle。酒吧外觀沒有什麼特別的地方，他們在門外一塊黑板上，用白色粉筆寫了酒吧最有名氣的啤酒：DNA Beer。好奇的我走了進去，坐下來點了一杯，味道沒有什麼特別。店裏面的裝飾有點奇怪，天花板上寫了許多句子和簽名。第二次世界大戰的時候，這裏經常坐滿一大群劍橋大學的教授和學生。天花板上的是他們在喝了三幾杯後向其他人道別的語句，因為第二天早上他們就要出發離開劍橋前往前線作戰。許多句子裏都是「我一定會回來」之類的內容。我在他們曾經坐過的椅子上，喝着他們喜歡的啤酒。在那個空間，我當然會想到，其中一定有許多學生並沒有機會回到這酒吧喝他們喜歡的啤酒，而在戰場上陣亡了。

幾十年前，在這裏，年輕人喝下幾口啤酒後高談闊論，希望證明 DNA 是遺傳物質，而非蛋白質。冰冷的啤酒，熱烈的辯論，DNA 的結構確定了，這一個發現改變了全人類對基因本質的理解。

這個重要的里程碑標誌着我們對 DNA 的理解不斷深化，並促進了生物學和醫學的許多進步。基因可以影響個體對某些疾病的易感性，例如心臟病、糖尿病和某些癌症等。有人說過，在影響人患上嚴重疾病的因素中，遺傳佔了一個很重要的比例，然後才是環境和生活方式。那個下午我坐在那裏看着天花版，多少個英雄、多少個天才和多少杯啤酒才能造就基因如此偉大的概念出來呢？

我又點多了一杯 DNA 啤酒，慶幸自己可以在那裏出現。啤酒變得好喝，知道的故事更加有趣，胃和膀胱兩個器官裏面充滿了 DNA 啤酒，清楚地讓我知道了自己身體裏面有老祖宗給我的 DNA，但不知道這朗朗上口的 DNA，為什麼叫 DNA。

後來才知，DNA 全稱為 Deoxyribonucleic Acid（脫氧核糖核酸）。我記不了這些複雜的字，只知道我們的身體與 DNA 之間的關係非常密切，因為 DNA 是遺傳信息的載體，決定了我們作為一種動物的特徵。每個生物的 DNA 序列都是獨特的，這使得每個個體擁有獨特的性狀。所有生物體都是由細胞組成的，而 DNA 存在於細胞核中，控制着細胞的運作和分裂。DNA 通過轉錄和翻譯過程指導蛋白質的合成。這些蛋白質在身體中執行各種重要功能，例如催化反應、調節生理機能。許多疾病（如遺傳性疾病和癌症）與 DNA 的變異有關。了解 DNA 的結構和功能對於醫學研究和治療至關重要。

懂得 DNA 並非是醫生的專利，一生一世只有一個身體的我們，絕對要知道我們跟我們的父輩，甚至幾代以前的祖先，都會與共同擁有的 DNA 並存一生。

我再想到我們父輩相信的「一命、二運、三風水」。「一命」，可能就是我們天天在睡覺、吃飯、上廁所的時候，都和老祖宗給我們的部分 DNA 有關。

心

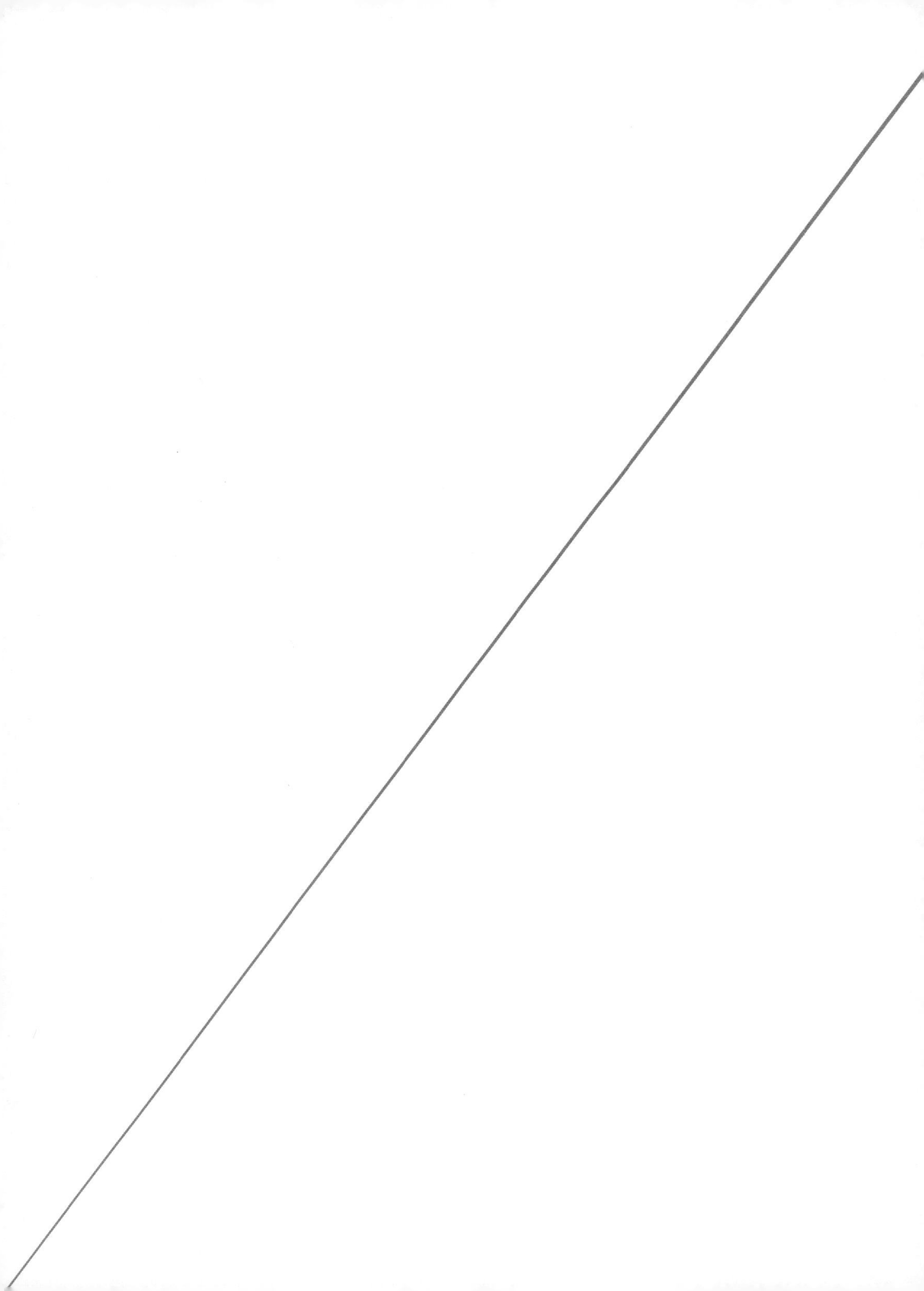

To be or not to be. 懂得處理選擇的人，永遠都會是快樂的。他們懂得不該去擔心會失去機會，會失去金錢，會失去別人的崇拜，失去權力，失去自由，失去親情，失去信心和最現實的健康，而選擇心安理得地放棄或者堅持。沒有人可以預測未來，成功和失敗兩者是共同存在的。繼續或停止，That is the question。事實上，「心」的工作只是負責將我們的血液運送到身體需要的地方，但很奇怪的是，中西文化中的「心」卻也在擔任着另外一個角色。「心的工作」，還包括情感管理，例如心之所向，居心叵測，有心無力，心心相印，心無雜念等。

心／意 之間

To be or not to be. 之所以成為莎士比亞最經典的流行語句，至今還有那麼多人喜歡引用，是因為它呈現的是一個令人類感覺既最簡單又最頭痛的迷離境界。這麼多的可能性給你去選，去考慮，去擔心，只能在種種比較下，小心翼翼地去選擇。幸好我懂得用「大不了」這個思維工具。在我閉上眼睛，不知道將來會怎樣的情況下，我選擇了不理會將來，半信不疑，既來之則安之，各安天命的心情去接受上一章提及的辦公室風水評估和那個風水先生認為是真理的解決方法。我內心接受了風水先生給出的與「廁所渠管玉璽」共處一室，再輔以每星期一到星期五以右手的「尚方寶劍」去平天下的建議。

過了三年，我心中有數，肯定這個足以笑死人的笑話對我起了一個非凡的作用。我更想通了自己內心對「風水」這兩個字的新看法。傳統風水針對的是一個真實的空間，我卻認為其實又可以是一個心理上自己所建立的空間。心理上的空間可以風涼水冷，四季如春，有的是和平和良心，但也可以是疑心生暗鬼，杯弓蛇影的不安。楊師傅的笑話提供了一個卓越非凡的心理選擇。我沒有穿上戰衣卻自我培養出了走上戰場的自信心。手上拿着玉璽的人，就要有拿着玉璽的風範，這個風範產生了另外一種好的風水效果。

後來我看到一篇武俠小說談到「心中有劍，心中無劍」這個說法，這通常用來形容一種心境和修為的境界。心中有劍指的是一個人內心擁有堅定的信念和目標，像劍一樣鋒利，能夠清晰地辨別是非、直面挑戰。心中無劍則是指在達到某種境界後，心中不再執著於武器或物質環境，在心靈上達到一種超然的狀態，無所畏懼，隨和自在，代表了技藝和思想的成熟。

有劍無劍兩者的結合，反映了武俠故事中對於力量與智慧的善用，即在擁有強大的內心力量之後，能夠達到一種從容不迫的境界。我將這個境界與風水聯想在一起，毫無科學根據，只是一時衝動的想法。

加／減／乘／除 之間

如果數字的加減乘除是算術，2025 - 1952 = 73。

那就是我今年的歲數，這個數字，只會有加和停止，不會減，不會乘，也不會除。假設我八十歲去世，我就還有 2,555 天存在於這個世界上。對我而言，最重要的是要清晰地讓自己知道：每過一天，我就會減少在地球上的一天。「少一天」不會成為我負面的壓力，而是提醒自己要如何珍惜和好好利用剩下的每一天。歲數只會加不會減，這是一道上帝安排的算術題。

如果數字單獨存在是一個記號，1949、1952、911、1984、1997……

那就是我們生命中的軌迹，也可以說是我們記憶系統中儲物櫃的編號。1949 年，天安門城樓上，毛主席向全人類宣布新中國的誕生；1952 年我來到這個世界；911 代表的是紐約 911 事件對全世界的震撼；《1984》是一本書；1997 是香港回歸祖國、脫離英國殖民統治的年份。

如果數字是定量系統，表示的是數量……

5 個蘋果，6 個木瓜，158 公里的距離，25 公斤的行李限制，380 塊違例泊車罰款……

宇宙的「盡頭」並不是一個明確的概念，因為宇宙是一個不斷膨脹的系統。目前科學家認為我們可觀測的宇宙直徑約為 930 億光年，但這並不意味着宇宙有一個「盡頭」。超出這個範圍的區域是我們無法觀測到的。原來有無法計算出來的數字，就像我們的壽命，大家都是算不出盡頭的。乘數好玩的地方是 1X1=1，1X2=2，可是 2X0 卻是 0，99,999X0 也只會是 0。我很想從哲學的角度去參透這個乘數的奧妙，卻不得要領，最後只能用這句話去解釋——Your limitation. It is only your imagination. 盡頭是不真實的，是心中的幻想。

如果數字是序位的安排和指示……

J33 是電影院中的座位；第 1 名、第 2 名是考試的名次；22 是電梯的樓層的按鈕……然後還有摩斯密碼，每個字母和數字都由點和劃的獨特組合表示，A 是「.-」，B 是「-...」，C 是「-.-.」，1 是「.----」，2 是「..---」……

數字背後的是歷史、新聞、慶典、真相、戰爭、和平、GDP、明星的片酬、股票市場的指數。數字也可以成為推理的工具。在浩大的宇宙中，我們利用推理但知道推理有界限，而又知道，我們的想像空間沒有界限。我們被拋到這個世界，山不是我們造的，海不是我們建的，在我們來到這世界的第一天都已經全部存在了。我們被安排了一個有頭無尾的生存期限。如果世界是永恆的，人生卻不是，只是代表着我們由開始生存到不再生存之間的一段時間。科學改變了我們生活上的習慣，其中包括了價格、速度、時間。在 1868 年，乘船從倫敦到香港通常需要 100 到 120 天左右，這取決於各種因素，如天氣條件、具體路線和使用的船隻類型。今天從香港到倫敦的直飛航班通常只需要約 11 到 13 個小時。120 天是 2,880 小時，2,880 小時除 12 小時等於 240，科技讓我們節省了 240 倍的時間。有了數字，人類才可以更準確地去比較，去研究，去進步，去更加地確定一切。

1952，是我來到這個世界的年份，2025 減去 1952 等於 73，也就是說我已經擁有自己長達七十三年。今天後的每一天都會是一個新的我，只要我們還在呼吸，就是置身於生與死兩端「之間」的人。這是一本獻給在這個地球上，在多姿多彩之間，在痛苦不堪之中，生活了七八十年的人的書。

你們當中或會有曾經喜歡過我的人，有從來都不喜歡我的人，還有一千幾百萬的陌生者。或許你們、他們會和我一樣，在偶然之間會想起一兩個畢生難忘的「之間」。「之間」會有很多的故事，有希望、失望、成功、失敗、後悔和自責等遭遇。在七十過後，體力的改變，朋友的減少，孩子的長大，寂寞的增加，我有許多不能適應的過程，也很清楚人生軌道正在改變中。

卡住／被卡住 之間

我叫吳文芳。這本書是我個人對做人的看法，特別是一個中國人對孝順、知書達理、出人頭地、忍耐、不想面對挫折、妒忌、被出賣、喜歡得意忘形、麻木不仁、偽善、自卑、自責等等一切人生經歷加加減減的看法。有時候會有根可尋，有時候會含冤莫白，有時候可以平靜下來，有時候也可以衝動一時。假如我今天是 39 歲，我絕對不知道如何去寫這本書。70 歲的人在古代是稀少、難得的，如今情況有所改變，新舊交替的七十歲卻成為了一個被卡住的年齡，卡在⋯⋯應該退休但又不想真正平復心情去退休的階段，兒女都長大了，大學畢業有了工作，有了自己的家，不再需要我努力工作賺錢交學費等，這樣的一個空間和時間之間。

過去幾個月，在朋友圈中有風光一時的遠洋帆船賽手，有一天打 25 小時球的網球好手，有名利雙收過的社會精英，都不約而同地上了天堂。我產生這種被卡住的感覺，始於知道 Anthony Bourdain 的死訊。他在生時，要得到任何的快樂都可以說是輕而易舉的。他一生中完成了多少個希望？他最後又是被哪一個失望卡住了呢？一個 73 歲的人不會再去卡拉 OK 唱歌了，認識新朋友的機會也不多了，不想向前進，也不願退得太快，不知不覺變得麻木，麻木多了，「被卡住」的狀況就很自然地出現了。

被卡住的長者，心中也同樣充滿了少年時期對生命的迷惘；加上知道自己的身體，每分每秒都在變得更加衰弱，不願意去接受雙腿拖着地面走，緩慢而搖擺，視力模糊，皮膚乾燥，脾氣開始變壞等狀況，慢慢成為了長時間悶悶不樂的「被卡住者」。

我知道自己不太蠢，更不覺得自己愚笨，幾十年的工作經驗也讓我曾經有些驕傲的日子。我能說流利福建話、普通話、廣東話和英語。當語言不是障礙，當懂得用刀叉吃西餐，用筷子吃中國菜、日本菜的時候，我們在大城市裏擁有很多選擇。但幾十年後的我們，會喜歡坐在輪椅上去喜馬拉雅山上看日出，去阿爾卑斯山看下雪嗎？年紀大機器壞，再幸福的人生都會給時間卡住了。卡到什麼時候，大家心知肚明。

如何去面對「卡」，減少「卡」，甚至享受「卡」？我認為懂得處理「卡」這個課題的人不會超過世界人口的 3%，懂得享受並利用「卡」的人數當然也就更少了。Anthony Bourdain 不能，Robin Williams 也不能，我也不能 。因為這些年來，我「卡」的次數愈來愈多，有理無理，百發百中，如今每天過着「卡着」的日子。一帆風順，心想事成的年代已經遠我而去了。

前半年／後半年 之間

過了六十歲後，做人做事都特別心急，老是會盡量爭取每一分鐘不會被浪費掉，如果可以的話，連駕車也不想去等交通燈從紅變綠。

我努力地將一個幫助年輕人創業的方案，演示給我認為的一群會與我產生共鳴的人，他們的影響力足夠創造一個令我這個想法得以實現，讓香港可以像佛羅倫斯出現文藝復興般的條件。我不想經歷在慣常官僚體制下，以申請人身分去由下而上遞交方案，花長時間去做一件守株待兔的事情。會議開了，口水乾了，他們說：「構思很好，香港很需要這樣的動力……」但後來，2024 年的 10 月、11 月、12 月，都在沒有 Yes 和 No 的風平浪靜下度過。理由只有一個字，全城的人都在「忙」，守株待兔必然是常態。

失望過後，2024 年的最後一天，決定不再守株待兔的我，主動放下所有心中的期望，一言不語，將 2025 年切開兩半，前半年，不期望，不失望，不追求，不放棄，不問輸贏，自我放逐和閉關六個月，去紐約為大女兒照顧兩個我新得的小孫子。離開溫暖的香港去北美洲的冷空氣中，為女兒一家人買菜煮飯和努力完成手上的兩本書，才讓自己回香港。這是其中的一本。

一個 70 ／ 80 之間的我，不停地提醒自己，不該再去爭取什麼智慧，不該再需要別人的讚賞，要努力徹悟，好好度過人生中最後的十年八年。我需要的是一股成熟的傻氣。

兩年前，我要去拿一本新的護照，朋友黃德偉不帶半絲善意地說：「看來，這將會是你最後的一本護照了。」兩年過去了，我還不知道他的話是否準確，只能默認着它的可能性。我們都生活在廣東人所說的「煮到來就吃」的現實裏。1 月 1 日，我叫自己放下所有手頭上的計劃，不去想不去問六個月，7 月 1 日才再重新上路，去找幾個伯樂，努力出售我口袋中的項目。我永遠都不是個賭徒，因為我已經百分百相信，我永遠不會碰到意外財產，就連在公司聖誕晚會的抽獎上，也從來沒有贏過任何禮物。

前半生／後半生 之間

一個小孩子來到這個世界的經歷跟抽獎沒有兩樣，從被拋進媽媽的肚子裏面，到將來樣子怎麼樣，有沒有出息，孝不孝順父母，是否身體健康、好動、喜愛體育，又或者性格文靜、喜愛文學等，孩子的性格如何，只可接受天生的條件，無法事先選擇。

奧地利心理治療師阿德勒認為，每個人都會經歷自卑狀態，尤其是在早期成長歲月。人類被拋入一個充滿挑戰、期望和愛比較的複雜世界，自卑感驅使個體改善自身和掌握權力。當人們遇到障礙時，這些感受可能會激勵他們發展技能、尋求幫助並與社區互動，因此「被扔進世界」成為個人成長的催化劑。有人可能會退縮，或總是因擔心而處於步步為營的防備狀態。

「被扔進世界」導致人們需要面對自卑感的挑戰和社會動態的引導，而阿德勒的理論表明，這些感覺可以導致重大的個人發展和與他人更深的聯繫。

中國傳統觀念喜歡比較，在社會上，在大小家庭中都是一樣，我是老祖母眼中小兒子的長子，我爸爸賺錢的能力和際遇都沒有他哥哥那麼好，可以承擔大家庭中大部分的開支。經濟在傳統觀念上站的位置比品格、學問、愛心都高，所以我的童年是在媽媽的自卑中長大的。後來，自卑感為我提供了不少動力，既不敢去接受現實，也不喜歡妥協下斬頭斬尾的折衷。我也知道，因此而喜歡我的人永遠不會太多，但很奇怪，不喜歡我的人也差不多。

眼看自己進入古稀之年，曾經美麗過的東西都凋謝得七七八八了。我唯一可做的，不是去參加下一屆奧運會，而是減少要求，減少對別人苛刻，對自己家人吞聲下氣，有人說，年紀大了就要懂得投降。投降是兩個很有動力的字，徹底的投降才是真正的接受。我要開始努力練習了。

不然的話，我又會有什麼遭遇呢？這可能是我最重要的十年，我很在意這十年，希望可以找到適合我的生活方式，可以走動，得以保存大部分的記憶，還剩下一點可以浪漫的能力。

大／小之間 2

小氣

有人認為年長者會在某些方面變得更加小氣或吝嗇。這種變化可能源於以下幾個原因——

經濟壓力大：隨着年齡增長，許多老年人可能面臨收入不足的挑戰，對任何開支都變得更謹慎。

價值觀變化：從可以開源將活錢拿回家，到老了，活錢沒有了，就要重視對儲蓄和剩下資源的保護，於是價值觀大幅改變。我是希望一生不會小氣的人，不過很多時候做不到，嫉妒心態還是會不停地出現。

安全感不足：許多人對未來的安全感更加重視，傾向於儲蓄以應對可能產生的醫療費用或意外情況。加上對變化的恐懼，老年人更傾向於保持現狀，以減少對不確定的不安，因而在消費時更加謹慎。

社會文化影響：在我們的文化中，老年人被期望要節儉，花不需要花的錢是不該的，這也影響了他們的消費態度。

個人性格：一些老年人天生就比較謹慎或保守，導致他們在消費上顯得「小氣」。

有時候，我也不知道自己是否因為年紀的增長，生活中的小氣也多了，對待很多東西都會如廣東話所說的「看不順眼」。然後也因為年紀大了，就不再花時間去掩飾心中的不快，臉部肌肉就會扭曲，效果就是會展示酸味的小氣。廣東話中有一句令我不知道是該接納還是拒絕的話，當老人家和年輕朋友講道理的時候，他們就會這樣說：「你懂個什麼？我畢業的時候，你還在穿開襠褲！」還有另外一句：「我吃鹽多過你吃米。」這兩句話都帶有因為年長而產生的自大感。目前看到許多老人家面對着小孫子的電腦不知道該從哪裏開始，就覺得我們年紀愈大，將會面對更多的未知，我們一定要做好心理準備。

大方

老年人因為經歷過許多的人生起伏，懂得世界變化的速度，但無論如何，都需要更好地、更謙虛地去理解他人的困難和了解真相，再去決定事情的走向。有時候，他們會在聽到對方以前的經歷之後，就去決定自己是否該做個大方的支持者，提供情感上、金錢上的幫助或原諒。許多電話騙案很聰明地利用了老人家的大方。

年輕人不容易成為智者，因為他們還需要一段時間去收集錯誤後、成功後的經驗，再加以分析。年輕人也不太容易做個偉大的慈善家，因為他們還處於製造財富、奮鬥的階段。大方與否很大程度上跟能力高低相關。有句常用在長者身上的俗話是：「你都不化的。」其中「化」的意思就是看淡，不固執於你錯我對。「你忘了去年欠我的五塊錢。」老人家的記憶力又會突然很好，能夠想起陳年往事，讓我聯想到粵語殘片中常常選用的對白：「君子報仇，十年不晚。」老人家容易嫌三嫌四，有可能是因為他們擁有太多經驗，習慣了事事跟歷史比較。

我／他／他們 之間

「之間」是兩個有趣的文字，可以跟在任何形容情況、狀態的詞語之後，熱戀之間，離異之間，戰爭之間，談判之間，酒醉衝動之間，酒醒回家之間……說到以前有什麼人曾經對我好過，六歲之前記憶中，最需要的是媽媽，所以主觀地認為媽媽對我最好。這個信念維持到兩年前媽媽去世，其間都沒有改變過。在選擇她出殯時需要放在靈堂中間的相片時，我才發現，每張照片上的她竟然都保持了同一種寬容的笑。突然之間想起，在小漁鄉，幼兒園的課室是空的，我們上學都要帶着自己坐的小木凳子，每當下雨的時候，因為天花板漏水，大家的小木凳就會前後左右地移動，避開一滴一滴掉下來的雨水。這個星期在紐約，去小孫子上學的幼兒班接他放學，看到他們的課室，課室裏的玩具，書本，他們的衣着，老師的笑容，同一個世界，不同的時間，內心的感受是兩回事。

我一生中見人不多，所以朋友也少，那喜歡我的人也就跟着比例「買少見少」了。我沒有在乎也沒有不在乎。我的孤僻有可能始於十年前，從看過的一則漫畫中得到了前所未有的啟發。你會震驚，它竟有如此強大的力量，令到我如此固執的一個人茅塞頓開。那則漫畫是這樣的——

畫面上是殯儀館大堂的 Wide Shot。大堂的前方是一個還未上蓋的棺材，裏面躺着一個跟我年紀差不多的企業家。在大堂的大門口，企業家的老婆向門外東張西望，緊張地數着來送她老公的客人有多少。在大堂中間，工作人員整齊地擺放了 450 張套了潔白椅套的摺椅。四五個客人坐在大堂的前方。其餘四百多張椅子還空着，而儀式即將開始。

老婆心急如焚，問在旁邊忙於刷手機的大兒子和剛剛睡着的二兒子：「你們爸爸在世的時候，世界上每個角落都有他的朋友，每個朋友都像是他的深交。在臉書上，有記錄的就有超過 450 個好友，所以我才要求你們準備這麼多張椅子，還擔心不夠用，如果打個八折也該有 360 個人來送他一程呀？」兩個兒子低下了頭，沒有回答媽媽的話，又回到了他們各自的朋友圈和 IG 了。

我的計算能力不高，但也知道現實和期望很少會是一致的。這些年來為了不讓老婆將來重蹈漫畫中的覆轍，我每天都會告訴她，我沒有朋友，大家都不喜歡我，請你不要浪費時間，不會有人會惦念我、惋惜我。現在說好了，你明白我就放心了。她點頭示意知道了。我在管理廣告公司創意部門的時候，我令90% 的領導員工都在我離開公司時，坐上了其他公司創意總監的高位，可惜的是，這些年，我們完全沒有來往了。

鄉下仔／又是鄉下仔 之間

我算是一個努力工作的人，黃仁勳年輕的時候洗過厠所，在餐廳洗過碗碟，做過巴士仔（Busboy）、企枱等等最低工資的工作，這些我全部做過。幾十年過後，他還未到七十歲卻已成為了億萬富翁，我則需要小心翼翼地去消費，小心翼翼地做個該退休又不想退休的老年中產。我真的不敢說上天對我不好，我只能面對自己，問問自己：「銀行戶口的餘額，在過去的七十年中剩下了多少？一直以來沒有意義地浪費了多少？」

在我小的時候，世界上還沒有 Game Boy，更沒有 iPhone、iPad，大部分的時候我會坐在一邊發白日夢。年紀大了才知道，發白日夢也並不完全是浪費時間。因為東思西想、自問自答之間，好奇心在發揮其作用。後來，我居然將白日夢的內容變成了大部分工作的基礎。大家都該猜得到，我就是那種無中生有的所謂的創作人，以胡思亂想後組成的概念賺取的錢，成為了栽培兩個女兒的財政來源，幹的就是廣告以及和廣告相關的東西。因為精於發白日夢，還擁有對發白日夢的獨立見解，我在事業上產生了專業價值。

大家或者想問我，發白日夢通常被認為是負面而浪費青春的，為什麼我可以浪費時間卻得到好處呢？我努力去研究原因，結論是我很容易墮入熱度飛升的假象，製造了一次又一次的失敗，在成為失敗者後，不得不利用更多的白日夢去尋找脫離失敗的對策，給人一種在製造正能量的感覺。一生中，我做過好幾次「鄉下仔」，六歲從小漁鄉搬到有汽車在馬路上走，家裏有電燈泡的廈門，我的鄉音是我第一次被冠名「鄉下仔」的原因。十二歲去到香港，「講乜嘢」都「一嚿雲」，上課的英文老師說「This is a pen. This is a man.」像在唱歌，在課室裏，我又被叫作「鄉下仔」。十七歲到加拿大中學，CO_2 我知道，Carbon Dioxide 就不知道，我在中文中學畢業，二氧化碳這四個字在加拿大用不上，於是又當上了國際版「鄉下仔」。1979 年，回來香港見工，有個老外的創作總監不僱用我，他說因為我沒有香港的工作經驗，加拿大成為了我當上海歸「鄉下仔」的原因。幾十年過去了，除了我自己，這個稱號也沒什麼人知道了，差不多 38 歲那年，他們開始叫我「白頭佬」，一叫就叫了 35 年。

感

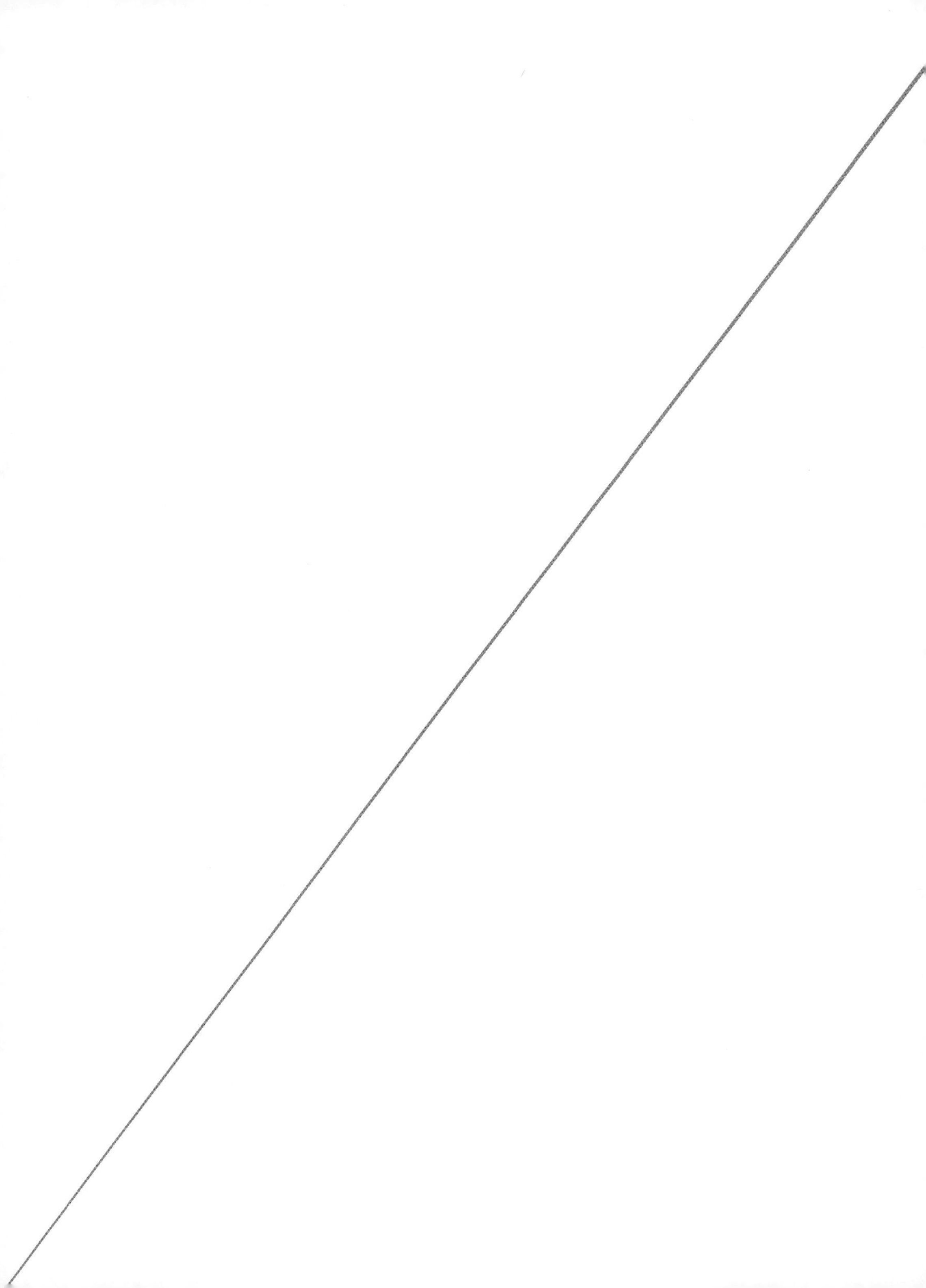

感是感覺，感興趣，感謝，感恩，感到痛，感到苦悶，感到強壯，感到大不如前，感到天下無敵，感動，感覺良好，感到不安，感到慚愧，感到羞恥，感觸良多，感性，性感，冷感，好感，傷感，惡感，敏感，感化，動感，感嘆，有感而發⋯⋯「感」在中文可以作為動詞使用，意思是感受到、感覺到某種情緒或狀態；「感」也可以用作名詞，比如「我的感覺」如何如何⋯⋯在 5 歲的時候，目睹過一場葬禮，怕死的那個感覺，68 年後還是歷歷在目。我曾兩次在法國南部看到身患疾病的人坐在輪椅上，甚至坐在病床上，手持白色蠟燭巡遊，那種震憾令我感動不已，眼淚當場奪眶而出。我們的身體，原來是很脆弱的。

人／畜之間

大家都是生存於地球的生物，有眼睛、耳朵、身體四肢，大致都是同一個架構，其中最大的分別是在進化的過程中，人類的腦袋發展出思想和感受，繼而產生了意念。然後，人類發明了衣服去保暖和蔽體；看到野兔跳來跳去，肚子命令腦袋創造長叉去捕捉動物，後來又想出了弓和箭。在發明的過程中，出現了許多的「感覺」。我感覺地面是平坦的，所以世界也該是一望無際的平地，直至古希臘哲學家畢達哥拉斯第一個提出地球該是圓的概念，亞里士多德在公元前 4 世紀提供了多個證據，才進一步證實了地球為圓形的說法。

一個 70 歲的人會感覺到的不再是小學生時期的天天向上，而是 70 ／ 80 之間的天天向下。我們很自然地會有心理準備，小心翼翼地去面對種種向下的現象：走路慢了下來；晚上去廁所從一次到兩次、三次……在默默接受的同時，有人會開始感覺，枸杞或許真的對老化的眼睛有幫助，牛奶可以補充失去的鈣質，一系列的保健品應運而生。

人類的「感覺」來自四面八方。眼前一個自己喜歡的女孩子走過，你會感覺心跳在加速；被人拋棄的時候，會感覺天昏地暗。「感覺」是一把沒有度量衡的尺，一邊是淺淡的感受，另一端是猛烈燃燒的情緒。一生中我們學習、工作，有時候感到空虛，有時候感到滿足。我不想停下自己可以「感覺」的能力，無論好的、壞的，我都願意全單照收。

際／遇之間

我出生於韓戰的年代，又在台海兩岸互轟的時期生長，看過半夜高空上射往金門的火紅炮彈。那是六十多年前的事情了，孩提時記憶揮之不去。終於，我在六十多歲時回了一趟出生地，也去了一趟金門。我在金門住了幾天，參觀了地底的軍事基地，還有鄧麗君喊話的那個巨形喇叭陣。我也喝了許多金門出名的高粱酒，參觀了世界聞名的炮彈菜刀製造廠。吳姓的老闆對我特別好，因為我也姓吳。他告訴我炮彈煉出來的鋼特別鋒利，是製作菜刀的絕佳材料。幾十年來，他僱用了許多金門人去山上撿炮彈殼，拿了回來就放在工廠裏等待新任務。回到廈門後，我在一門解放軍不再用的高射炮下面，高舉着一把閃閃發光的菜刀，告訴它：「菜刀菜刀，你今天回家了。」

慶幸的是我在世的幾十個年頭內，都沒有經歷過什麼戰爭。年紀大了，知道在我還沒有來到這個世界前有兩次世界大戰，出現了希特勒、墨索里尼等人。然後是中東戰爭、紐約世貿中心倒塌、阿富汗戰事，以及近年的俄烏戰爭和加沙地區的互相攻擊。七十年代的越戰掀起了美國年青人的反戰意識形態，然後出現了嬉皮士運動，改變了當時社會的衣着、髮型、性觀念、音樂、哲學、文學乃至人生態度。社會百花齊放，人與人之間的相處模式與以往大不相同。我雖然沒有成為真正的嬉皮士，可是我 73 歲時還在喜歡的音樂、歌曲、歌星始終如一。如果我在 2032 年的 7 月 8 日去世的話，我就會安排在 7 月 1 日的下午來個音樂會，喝着啤酒、可樂，點些外賣 Pizza。我不知道還剩下誰會跟我一起吃，只好聽天由命了。歌曲方面當然會有 Beyond 的《喜歡你》、趙牧陽的《女孩》、John Lennon 的《Imagine》、The Beatles 的《Let It Be》、Pink Floyd 的《Wish You Were Here》、Emerson, Lake and Palmer 的《Lucky Man》、Van Morrison 的《Wavelength》和《Santa Fe / Beautiful Obsession》、The Hearts 在 Lincoln Center 唱的《Stairway To Heaven》、Joni Mitchell 鋼琴版本的《Woodstock》，然後是梅艷芳的《似水流年》，最後一首會是 Paul McCartney 的《Yesterday》。辦完這個有點兒預兆的音樂會，然後再過幾天一切都毋須再去理會了。

知道我喜歡的歌之後，大家都會同意我是一個愛好和平，絕對不喜歡戰爭、反抗和訴諸武力的人。可是在人生道路上，我們並不能在沒有競爭，沒有比賽，沒有爭先恐後的環境下，以在生命中得到樂趣和滿足感為目的去過每一天。以前躲在媽媽屁股後面，發生什麼都感覺害羞的那個小孩子，在少年時隻身坐上飛機，走到 100% 陌生的城市。第一次需要賺錢交房租，第一次站在幾百個陌生人面前應對無迹可尋的提問，漸漸習慣了雙腿不發抖，臉皮不變紅，世界對我很不錯。

十年／十年 之間

我出生於一所清朝時期建造的祖屋，家中老祖母是一家人的慈禧太后。她對我媽媽不好，因為我爸爸不太懂得賺錢。所以我的出身一窮二白，但尚算有飯吃，有衣服穿。十六歲那年，我看了一套好萊塢電影，想像着自己有一天也可以在他們一望無際的八線高速公路駕車奔馳。虛榮心推動我去向爸爸要了一張往多倫多的單程機票和第一年的學費。從洗廁所、送咖啡、做侍應等工作賺取的錢，讓我完成了學業。

少年離家，第一次坐在飛機上，我哭了兩次，惦念着家中的妹妹和弟弟。第一次工作，拿到那個禮拜的薪金後，我買了一條裙子寄給六歲的妹妹。就在那個時候，我知道「不變」將會是人生中最沒有意義的事。我下定決心，畢業後得努力工作，賺了錢就可以幫助妹妹弟弟，改變他們對世界的看法。再過了差不多十年，我結了婚，工作穩定，生活愉快，安排了大妹妹來多倫多上大學。我又開始不安於現狀，決定打道回府，回到香港。

那時候是香港的黃金年代，也是我吸收、吸收再吸收的年代，我遇到了一個又一個的伯樂。其他的妹妹弟弟都在我和大妹妹的安排下留學了。然後又一個十年過去，我離了婚又結了婚。在我快要結束人生的第三個十年之際，我做了爸爸，離開了薪金十分之豐厚的工作崗位，向銀行借了款，開了製作公司，心驚肉跳地做起了老闆。

六十歲的生日我在倫敦度過，時差的關係，我在大女兒小客廳地板上的睡袋中不能入睡。心中想着六十歲真的很老了，如果我七十歲離開這世界，我該如何去度過這最後的十年，才能對得起自己呢？盤算着如果我自己投資做節目，自己出鏡做主持人，自己決定去什麼地方，做大家的司機，會怎麼樣？香港的朋友告訴我，如果電視台每月播放一集我的節目，一年下來需要有十三集。我計算了一下銀行裏的存款，想到如果我十年後真的死掉，那趁這十年我至少還可以去到世界上的一百三十個地方，向大家介紹我這個黃皮膚的人看到一百三十個地方的感覺，分享一百三十種經驗，那該有多棒呀！六十八歲那年，新冠病毒迫使全世界大部分的飛機都停留在陸地上。我的十年計劃完成了六年，去了七十八個地方，後面的四年差不多都在家中度過。那六年改變了我銀行裏的數字，可是我內心的開心和滿足，旁人是不能夠 100% 理解的。

轉眼間又來到了七十歲，我心中又想起如果我八十歲就會走完這條大路，我這十年又該如何去計劃呢？去年我第一個小孫子來到這個世界，他給了我一個啟發：做一件可以幫助下一代和他們的下一代的事情。我想做一次世界上最有愛心的調研，將不同種族、不同文化和不同生活條件的英雄父母的故事陳列出來，給時下的年輕爸媽一個參考，學習如何做個英雄父母去培育下一代。兩年過去，這個計劃有了相當多的進展。我還會有八十到九十歲的另外一個十年，到時是否需要坐輪椅和用尿片？不知道。要看上天給我的安排吧！當然，我也可以拒絕任何的安排。

固執／破執 之間

過去十年，我發現自己對世界上好人、壞人、好新聞、壞新聞、好政策、壞政策甚至是健康狀況，所持的觀點均十分嚴重地趨向堅持己見和固執，不容易去接受別人意見，並感到孤獨。

在一個沒有心理準備的情況下，我讀到一篇文章，接觸到這兩個字——「破執」。我重複念着這兩個字，希望可以感覺到它們的意義和重量。在佛教或心理學中，「破執」是指釋放對事物的固執看法或情感，促進心靈的自由與解脫。這種狀態有助於人們減少外在的痛苦，欣然地接受現實，從而達到內心的平靜。在我的觀察中，大部分生活在 70 ／ 80 之間的男女都不懂得「破執」這兩個字，天天徘徊在不稱心的往事和對現實世界的不滿中，煩惱揮之不去。這種行為啃食了我們這群人的靈魂，令許多人忘記剩下做人的時間已經不長。

「破執」兩個字，提醒我要醒覺，要開始留意自己在什麼時候會特別固執，或者過分敏感和特別難相處。我一直以來都相信話不投機半句多，所以我的朋友愈來愈少，最近連在廣告界中我少有尊敬的兩個人竟然都去世了。我印了幾件「破執」的白 T 恤。在心情不好的日子裏，我會穿上這件衣服，提醒自己要努力去「破執」。保持活在當下，珍惜手上所有。

被愛／拒愛 之間

我喜歡不同，香港一直以來都是一個充滿不同的城市。在香港，有上海人、廣東人、山東人、福建人，也有泰國人、越南人、日本人、韓國人、英國人、意大利人、瑞典人、南美人、南非人等。因為有來自不同地方的人，香港有了他們帶來的食物和當地口味的餐廳，然後還有各式各樣的技藝，例如德國人的科技、法國人的香水、意大利人的設計、日本人的雜誌、英國人的笑話、美國人的電影等。

1979 年我回港找工作，感覺喜出望外。八十年代至九十年代，我看到了更大的世界，學到了許多東西，也知道了別人和我不同的思想，種下我想去更多地方感受不同文化，享受人生不同情懷的思想種子。奇怪的是，我回到香港工作後，所說的英語詞彙比我在加拿大生活時增多了不少，閱讀名單上也增加了許多來自南非、千里達、巴西、阿根廷、哥倫比亞等地方的著作。

好奇心就是想知道一些事情的欲望，想知道就會產生更多的飢餓感。我不愛什麼都怕的人，年紀愈大，愈要知道自己和周邊發生的事情。人有軀體，但更重要的是人也要有精神。精神就是一個人的「自己」，而「自己」又是什麼呢？所謂「自己」，是否就是精神和本身所建立的一種關係呢？有了個人精神，我們就會懂得什麼是自己愛做的事情，愛和什麼人在一起，而軀體則可以用行動去執行精神想做的事情。成為一個長者後，精神可以保留，身體和心靈卻需要好好照顧。我一點也不喜歡做一個老人家，可是又沒有任何方式可以改變不斷衰弱的現實。我愛吃的東西吃不了，愛做的事又做不來了，去的地方不再愛去了。看着女士們當年銀幕上的如花美貌和近年照片的對比，真是慘不忍睹。以下一組「之間」是如今我思故我在的真實個案。

火星／金星 之間

「男人來自火星，女人來自金星」這句話來自約翰・格雷 1992 年出版的一本書。這表明，男人和女人的思維、溝通和行為方式截然不同，就像來自完全不同的星球。我結婚 35 年，在一起 40 年，頭 7 年 2,555 天之間，彼此的吸引力支持着來自不同星球的兩個人一起相處。大女兒來到這個世界後，兩個星球的人有了共同的焦點，需要四腳同時間站在地球上，情況有所改善。兩個女兒出外讀書，家中只剩下我們兩人的時候，兩個星球的思維重新出現。知道了約翰・格雷的火星金星論調之後，不需要看到第十頁，已經可以完全了解整本書的內容。

格雷認為，溝通方式上，男性傾向於以解決方案為導向，而女性往往在對話中尋求情感聯繫和理解。男人和女人情感需求有極大的不同，表達愛和感情的方式也大不相同。作者討論了不同性別如何以不同方式對待衝突。男性經常退縮，而女性則想把事情講得清清楚楚。「男人來自火星，女人來自金星」強化了幾種刻板的印象，就好像當男女出現溝通障礙時，人們堅持認為這是由於特定性別的溝通風格引致。如果男性因認定這種刻板印象而去壓抑情緒，可能會導致他們在情感層面上難以與伴侶建立聯繫。如果女性的情感需求沒有得到滿足，她們可能會感到沮喪，從而導致怨恨。

男人在分歧中退縮，可能會被視為是一種漠不關心的態度，而想討論清楚的女人則是會被視為嘮叨。如果伴侶感受到兩者之間的價值觀不同，例如男性是否要作為家庭財政提供者，女性是否要作為照顧者，觀點相異就會產生對對方的不滿。忽視對方個人特質，容易導致對彼此的獨特品性缺乏欣賞，這會是兩者關係變壞的開端。如果對觀念、特質的差異不加正視，就會深遠地影響兩人的整體關係。

離／結 之間

十七歲離開家，離開爸爸媽媽、妹妹弟弟，一個人生活，一個人上學，一個人交房租，一個人寂寞。畢業之後，因為有了固定的收入，對家的渴望很自然地湧現。我和第一任妻子從一張單人床變成雙人床，一雙筷子變成兩雙，一個人的廁所變為兩人共用，一個新的家，一種新的人生體驗。那是一個完美的人生，因為兩個人可以分享，可以一同面對希望，為了奔向那個希望而一起努力。兩個人一起吃飯，一起睡覺，一起背着背包去旅遊，一起喜歡一套電影、一首歌，擁有一個以家為單位的夢想。但世事無常，在冥冥中，不如意的事情不請自來，或者是搬起石頭砸自己的腳，六年半的婚姻也就完結了。那個時候，我愛上了滾石樂隊的《You Can't Always Get What You Want》（你不能總是得到你想要的東西），好長的一個歌名。

有人說愛情是盲目的，我真的不可以不同意。絕大部分人都不看好我現在的這段婚姻，但在我們吵架、和好、工作、旅遊、和新增的親戚相處等日子中，我們沒有離開對方，有了兩個女兒和兩個小孫子。可是，她還是另外一個星球的人。大家接受不同背景的教育，隨着年紀的增加，在再小的事情上，都可反映出彼此價值觀的不同、判斷力的差異，我對你不對的想法增多，互相遷就的次數愈來愈少，話不投機半句多的情況愈來愈常見，令我選擇了更加沉默寡言的生活方式。

大／小之間 3

小前提

這兩年來，我是一個不令人喜歡的人。我容易動怒，小前提是通常只涉及一些不值一提的芝麻小事。我為自己發怒的速度和事件的重要性根本不成正比而感到不快，但令我更不快的是發完脾氣之後，我又會很中肯地開始責問自己：「這樣的小事，為什麼值得我發那麼大的脾氣？太不成熟了。枉你做了這麼多年人！」70/80 之間，我們的記性開始變差：走進房間，站在抽屜前，卻忘記了要找什麼東西；我打太極，一共來回三次，做完最後一個動作後又回到前面三組的招式，以前不會錯，現在會在打完兩組後以為打了三組，有時候又會打了四組而懵然不知。這些都是小事情、小前提，可是我內心知道的是，這些小前提都在告訴我們一個大前提：因為我們年紀漸長。大前提的存在，預示着我們將來會有更多大、中、小的前提。他們的出現，會影響我們的快樂指數，製造自我懷疑。

大前提

大前提通常不針對特定的狀況，而是涵蓋一個廣泛的範圍。它作為推理的因，幫助我們去接受現實、妥協下来，為推理提供了理論基礎：「年紀大，機器壞。」一個成熟的老年人通常擁有豐富的人生經驗，能夠更好地理解和分析具體情況，而成熟的人往往會根據具體情況為人生作出更為周全的考量。在「年紀大，機器壞」這個大前提下，要改善或改變一切「小前提」下的小毛病，認知現狀便成為了改善的「大前提」。何謂認知現狀？香港人流行说「食古不化」，但我們要知道，在人類進化論裏，每個人都會經歷日漸退化的過程。由此，改善、改變的「大前提」是接受現實，「小前提」是規劃大小事，來為自己度身訂造更適合自己的人生計劃。

小提琴

剛開始做廣告片導演時，需要做好讓別人喜歡我的公關工作，所以很多時候我都會製造一個讓別人覺得我樂善好施的感覺。在自己的廣告製作公司另一影廠開業之後，我們承接了許多慈善廣告片的拍攝。有一個夏天，我要為香港青年藝術協會製作一條廣告片。國際知名的西崎崇子就站在我身邊，演奏着梁祝協奏曲。從她的小提琴奏出來的音樂，深深吸引着我。那種感染力，讓觀眾投入忘我，當時下定決心，一定要讓大女兒學習小提琴。後來，家中買了很多小提琴的唱片。世界那麼大，我們喜歡和厭惡的東西數不勝數。我和朋友都冀望可以創造出一個幫助兒童學習的教學方案，但等來等去，我們還是在守株待兔。在電話中，她安慰我說：「世界上有一個東西叫緣分，你不知道嗎？」

我知道嗎？我該知道的吧！我們生活在生與死之間，生活在白天與黑夜之間，生活在快樂與不快樂之間，「之間」就是緣分。從西崎崇子的小提琴拉出來的音樂，令我感受到愛情的細膩，失去愛情的心情。我喜歡選擇，世界上有那麼多的樂器，我和小提琴的緣分最重，就是因為那一個早上西崎崇子的那段音樂。小提琴從壯年陪伴到我現在，如果有一天我要魂歸天國，我會讓誰來為我演奏誰的作品呢？

大提琴

一家人喜歡上了小提琴，就會很自然地去不同的演奏會。女兒問：「那個比小提琴肥大很多，要自己站在地上才能演奏的，是不是叫大型的小提琴？」後來我們又愛上了馬友友和 Jacqueline du Pre。喜歡音樂是一件重要的事。六十歲後，如果有時間，我每到一個地方，總希望可以去當地的音樂廳或劇院看一場表演，這讓我感到滿足。

第一，在外地聽演奏會感覺很不一樣。我會觀察其他的聽眾，看到他們穿着整齊，對那兩小時表現出尊重。如果是歷史悠久的劇院，我會思考墨索里尼是否曾經坐在我左手邊的包廂裏，劇院是誰設計的，又有什麼特別之處？新的建築，例如北京和廣州的大劇院，它們的外形、設計者的理念都讓我增加了去一個城市旅行的樂趣。年紀大了以後，記性差了，可是馬友友與絲綢之路合奏團分別在好萊塢露天劇場（Hollywood Bowl）和香港文化中心的兩場表演，都為我的人生增添了不可代替的趣味。後悔莫及的是，年輕時沒有學習過任何樂器，年紀大了，只要還可以到處去做個座上客就很心滿意足了。

小心翼翼

有人說老人的衰弱，先從雙腿開始。奇怪的是，年輕的時候，我們從來都不會太留意腿腳的重要性。雙腿和雙腳幫助我們將笨重的身體從一個地方移動到另外一個地方。小時候我在廈門上小學，班中三十多個同學，只有我一個人有鞋子穿。在巨大的群體壓力下，我每天出門上學時會穿上鞋子，但走到馬路上就會脫掉，放進書包裏，赤腳上課才能減輕心中的壓力。放學回家途中，我再用小石頭刮掉腳底黝黑的一層污垢，穿上乾乾淨淨的鞋子，若無其事地回到家中脫掉那對只穿了三四分鐘的鞋子。六七十年過後，在城市的馬路上，上樓梯，下斜坡，上廁所，下地鐵，都得小心翼翼地讓雙腳站得穩定，走路要減少一點搖晃。以前會從樓梯跳下去，現在想都不敢去想，上下樓梯，懦夫一個。

大膽妄為

老人家有時會因為情緒、健康狀況或外部環境的影響而做出衝動的行為。雖然年長者通常較為穩重，但也可能因為孤獨、焦慮或其他因素而一時衝動。我老婆比我年輕幾歲，我們這方面會有代溝。有幾種疾病和狀況可能會增加老人家的衝動行為，包括：一、認知障礙症，如阿茲海默症，影響判斷力和自我控制能力；二、精神健康疾病，如抑鬱症和焦慮症，可能導致情緒波動；三、中風，可能影響大腦的情緒調節功能；四、柏金遜症某些藥物和病情本身可能導致行為衝動；五、慢性疼痛或失眠，可能導致焦慮和易怒，在下決定的時候就會更加衝動而不再深思熟慮。

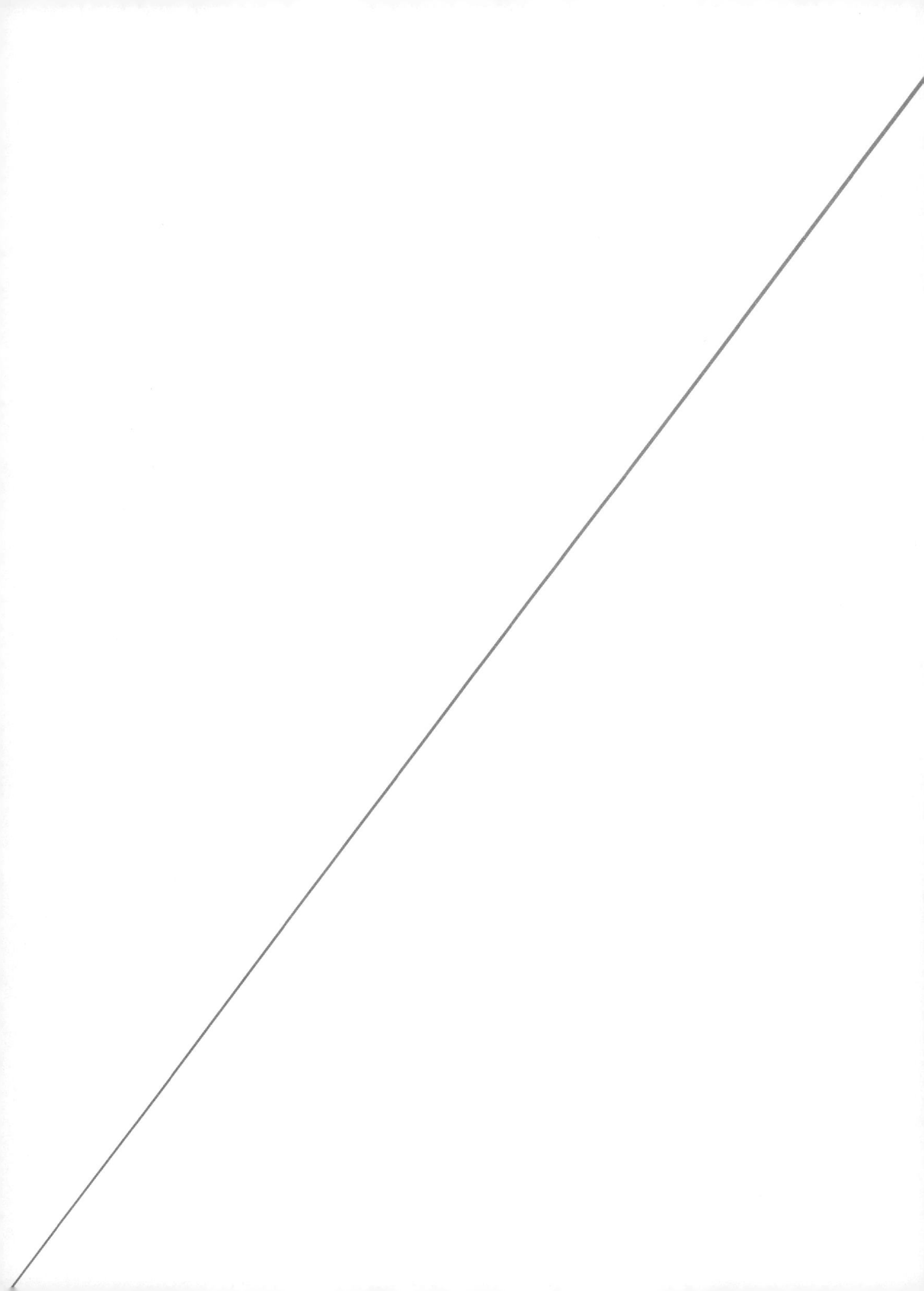

「受」是受到事情影響，產生感覺或改變，是一種外來的力量。例如一個地區「受到」颶風影響，一萬多間的房屋被摧毀，成千上萬的難民飢寒交迫、痛苦萬分。「受」也可以是充滿歡樂的。當我兩個女兒出生的時候，我想到的不會是精子和卵子結合的過程，而是感受到上天的恩賜，刻骨銘心。玻璃杯中盛着半杯水，是慌張於不見了半杯，還是「嘩！我還有半杯」的喜悅呢？見仁見智。受是一個充滿着哲學的字。英文大概會譯為「Accept」，沒有什麼被動的意思，詞義是多方面的，可以是欣然接受，也可以是受苦受難，可以是受到愛情的滋潤，受到老師教導而發奮圖強，或者只是內心的感受，可以是美好的，也可以是悽愴的。

11:23 ／ 12:34 之間

2008 年 3 月 30 號，晚上十時半左右，我召集公司所有員工立即開會，檢視一下第二天早上到迪士尼樂園開會的材料。大家走進我的辦公室的時候，我站起來，然後就暈倒在地上了。我離開了這個世界三天，躺在救護車和 ICU 中，聽不到家人的呼叫聲，看不到醫院半夜的繁忙。

我中風了。

根據主診醫生的判斷，四月一號愚人節中午十二時前，我會在無聲無息的狀態下蒙主寵召。我智威湯遜的上司請來了一位神父，希望可以為我領洗，讓我成為天主教徒，當晚才前往天堂，他日老婆百年歸老的時候才能異地重逢。一切都在我的面前討論和決定，我當然毫無反對地等待着。那時候，據說我媽媽按摩着我的左腳，口中念着觀音經，舊老闆和老婆念的是天主經，另外一些年輕一點的在念基督經。Father Hanley 來香港之前住在台灣，聽到我媽媽閩南口音的觀音經，他停下了為我領洗的準備。他建議改變目的，要求大家祈禱上天讓我回來算啦。領洗的事等我回來後再去申請。四月二日，我張開了眼睛。

後來回家，因為躺在床上太久，手腳都要接受如小朋友學走路時的訓練。我九個月上不了班，有一天一個在加拿大認識的電影拍攝製片來到我家，我穿着睡衣接待了他。我的無精打采和他的神采飛揚形成了強烈的對比。他告訴我，他找到了一個地方，下雨有瓦遮頭，太陽強烈有樹遮蔭。從第二天開始，他天天從尖沙咀去到香港公園教我太極。這個朋友喜歡電影和拍攝，我投資了他兩個項目，財務上兩次都算是一場糊塗，所以也有一段時間沒有見面了。

第二天開始，他成為了我楊家太極的師傅。兩年後，我走路已沒有問題，手拿杯子也不再搖搖擺擺了。後來當六七十歲的朋友或者他們的朋友不幸中風的話，朋友總會叫我去病房裏看他們，示範我大難後的重生。開始的時候我很感恩，樂意去做樣板，後來太多不成功的案例，令我十分頹喪，也就不敢再去做樣板了。

內／外／軟／硬 之間

我的內心就好像是一個 Hard Drive，儲存了很多的回憶。三十年前欠了別人多少錢，辜負了誰的期望，佔過了誰人的便宜……一切的一切，有些放在很不起眼的角落，有些還會經常回想起來。外在的狀況就不用多說了，什麼時候失戀，什麼時候得罪了不該得罪的人，什麼時候如夢初醒，什麼時候精力充沛，什麼時候生理發生了改變……六十歲那年，我開始製作 40urs 的旅遊視頻，那時候，我心中的想法很理想，希望閉目之前可以看到這個世界更多的地方，跟陌生的人在陌生的土地上聊天。這是我對自己人生的要求。我慶幸自己有這個想法，雖然因疫情的關係我只完成了六年的工作量，但到時我還是可以開心地閉上眼睛的。呀！我並不是一個容易和自己相處的人，主要的原因是我很早已經失去了天真的想法，變成今天老氣橫秋的 Hardware 了。Hard Drive 跟我們的生命一樣有上限，但好玩的地方是，硬的可以死，軟的死不了。莫札特於 1756 年出生，他去世時只有三十五歲。直到今天，他的音樂還在為大家服務。我在我旅遊頻道的開頭片段說到：「我是吳文芳，別人說我不服老。世界那麼大，要看的東西那麼多，只要帶上一個背包，一個照相機……世界是我們的。」

天／地／在／我 之間

我們不得不接受年紀的增長。六十歲那年，我就感覺到老的壓力了。我選擇到世界各地去看看別人的生活態度，比我窮很多的人，比我富有很多的人，生活在嚴峻環境中的人怎麼生活？在四季如春的地方，冬天沒有太陽的地方，夏天沒有晚上的地方怎麼生活？那個時候還不知道「破執」這兩個字，心中知道的只有不要浪費上天給我的生命力。地球在轉動的時候，時間是不會停下來等我們的。在我閉上眼睛前，當我回想起自己眼睛所看到的世界時，慢慢回味這一百三十趟旅程，我會認為這個世界值得一來。以下，我想來寫寫我對這個終有一天我要離開的地球的一些回憶。

北京／我 之間

我在社會主義的中國接受了最早期的教育。五歲那年，我有個小姑姑坐火車去了北京。她是村子中每個人都羨慕的人，一個去過首都的人。她口中北京的故事深深地烙印在我腦海中。在我小小的心靈中，對祖國、對中國首都的那種驕傲是那麼單純美好。後來，當我第一次踏在天安門廣場上，那時候的姑姑已經是一個婚姻失敗者，進不了共青團，回到小漁村，是一個健康狀況堪憂的不快樂的女人。當我的書在北京出版的時候，我的心情是那麼簡單，那麼驕傲：我的發布會可以在首都的中信書局舉行。北京是我心中的首都，永遠都不會只是另外一個城市。

渥太華／我 之間

小時候，我很自然地愛自己的國家，愛毛主席。11 歲的時候，在極不情願的情況下，我被爸爸連根拔起，心中很不是味道地離開中國內地，來到資本主義特別濃厚，充斥着物質主義、拜金主義，說廣東話和英語的香港。離開廈門的時候，我是學校少年先鋒隊的大隊長，到了香港，我的社會地位一落千丈。那時候我的心情恐怕沒有人會明白，我失去的是一個小孩子曾經擁有的歸屬感，我擁有的是一個爸爸隨便填上去的新生日──1952 年 4 月 4 日。這個不倫不類的日子將永遠跟隨着我，銀行賬戶上，人壽保險的文件上，護照上，將來我的死亡證上都會出現這個日子。

我在加拿大工作的時候，公司的老外興高采烈地為我慶祝生日，吹蠟燭，唱生日歌，切蛋糕，我笑容滿面，內心卻很想逃離現場。當時我手上已經沒有了任何中國內地的身分證明，唯一的證件是香港身分證明文件，那絕對不是會得到英國政府保護的國際通行的護照。英文是 CI，Certificate of Identity，一本證明有一個這個名字的人存在於世上的小本子而已。1975 年，證件逾期，我坐上灰狗巴士去了渥太華的英國領事館申請一本新的。櫃檯裏面，那個高瘦、頭髮一絲不苟的秘書阿姨問我，你在加拿大居住的身分是什麼？我毫無防備下，說我拿學生簽證，秘書阿姨二話不說就快速切掉了香港身分證明書上右邊的角，我成為了不再獲香港政府承認有任何關聯的世界難民，天立刻塌了下來。

過去在香港生活了七年的足印，失去了任何官方的認證。我變成居住在加拿大而沒有身分的人，公文上的世界難民。也就是說，我要先去渥太華的中國領事館，得到中國大使館證明我已放棄了與出生國家的任何關係。

我要準備一封信，親手交給大使館工作人員，解釋我的這個請求。我紅着臉寫了一個晚上，這是一封羞恥賣國的信。第二天大清早，我拿着信坐在巴士上，在冰路上去了渥太華。按了大使館的門鈴，在大廳的一角，低着頭等待大使的出現。那天有可能是我人生中最羞辱的一天。大使來到我的身旁，我很恭敬地用雙手將信封交到他的手中。我不敢看他一下。在我感到無地自容的情況下，他簽了字，安慰我：「我是明白的。」到了外面，我哭了出來。我去加拿大外交部的難民身分辦理處，得到了一本寫着 Stateless 的難民身分證明證件。幾天後，我又回到了英國駐渥太華的英國領事館，以難民的身分申請進入香港的簽證。

那是我唯一可以離開加拿大、前往香港探望父母親的途徑，先做難民再做孝順的兒子。以後的幾十年，我沒有回渥太華一次。那天早上在大使館的難堪，還未能 100% 忘懷。

華盛頓／我 之間

當奧巴馬還是美國總統的時候，中國和美國的關係還沒有變壞，有人想在華盛頓設立一間訓練外交禮儀的學校，要求我先去做個感覺探索之旅。之前，我完全沒有要去這美國人的首都的想法。這個任務令我好奇心大增。我對美國沒有特別的好感，也沒有特別的厭惡，所以對他們的歷史、總統、白宮、國會山莊，只知其存在卻沒有更多的好奇心去想知道更多的東西。

當時民主黨一位很友善，叫 Terry Lierman 的先生接待我和太太。他帶我們參觀了整個首都山莊。令我大感興趣的是，當我們走進當時民主黨黨魁的辦公室，和 Mr. Holt 握手的時候，突然間在 Mr. Holt 背後的牆上，我發現了一幅令我眼睛一亮的照片。我衝口而出：「嘩，他是 Frederick Douglass。」我的驚訝帶出了他們的好奇，我怎麼會知道連生長在美國的人也不認識的 Douglass，而且那麼直接地表達出對這位一百多年前父親是個黑農奴隸的人的尊重。

在他爸爸還是一個農奴的時候，爸爸的主人有一天看到 Frederick Douglass 手中拿着一本書在讀，主人搖着頭，感慨萬千：「這個孩子已經不再會做我的奴隸了。」Frederick Douglass 長大後，一生致力於為年輕人爭取獲得知識的機會。我後來也在大學裏將這句話提出來討論。Terry 的兒子 Mathew 那年在白宮工作，為奧巴馬負責美國年青人的事務。Terry 打了一個電話給他，希望他可以帶我們參觀一下玫瑰花園、欖形辦公室、共商國事的會議室，和與媒體對話的房間。那天奧巴馬不在白宮，所以不知道他是否會回家或者會和我們握手留念。

布宜諾斯艾利斯／我 之間

我去過阿根廷兩次，兩次都有在布宜諾斯艾利斯停留。第一次是去拍一條房地產的廣告片。當時很多房地產的片子都去了漂亮的地區取景。其中一個發展商很想用多立克式的大柱子做主題，我們找來找去找到了布宜諾斯艾利斯的古老建築。那個時候每個人都在唱《Don't Cry For Me Argentina》。南美洲的情懷，十分吸引我。

作為一個廣告片導演，挑戰是很大的。出發前你要預付 50% 費用，完成拍攝後，坐上飛機回家前，當地的製作公司一定會要求你一手交貨、一手交錢，才能帶走你拍的素材。對大部分的廣告製作導演來說，出外拍攝是刺激而憂慮重重的。為什麼？每一次出外工作，我們大概有十來天要提心吊膽地度過。我之前對阿根廷零認識，對西班牙話一竅不通，對將要幫助我替客戶花錢的當地團隊而言，我也是一個 100% 的陌生人。當我們坐了 24 小時飛機，降落於布宜諾斯艾利斯機場，當地製作公司的地勤人員、被稱為 Runner 的司機，已經舉着我們的名字牌，準備用最快的速度將我們運到他們的會議室立刻開會。時間在我們的世界裏就是一切。在這方面我有幾個固執的信念：第一，很怕下飛機的時候當地天氣良好，內心會擔憂可能到要開拍的那兩天就會變壞；第二，自己的身體一定要十分好，不可以睡不着，不可以拉肚子，不可以感冒咳嗽，所以在我的行李中，一定要有藥，不然就會沒有信心；第三，在當地開的第一個製作會議上，一定要建立威信，一個好導演，在這十幾天的工作中，也可以為當地團隊製造快樂，爭取大家都為我一個人效忠。不過，互信的關係往往很難在短短幾天內建立，唯一可以做到的是讓他們喜歡為你工作。幾天過後，大家相隔萬水千山，又是陌生人了。

我第二次去阿根廷，是應邀出席國際旅遊業的討論會，身分不一樣了。我也順便在布宜諾斯艾利斯探望了部分曾經合作的團隊。他們熱情地邀請我去學習跳探戈舞，還為我報了名。我去了，結論是，覺得尷尬又好玩。如果想學跳探戈，但又不想給你的同事、朋友、親戚或左鄰右里知道，我建議不妨來布宜諾斯艾利斯學。跟我一樣即使學不會探戈，也可因為徹底的尷尬而十分開心。如果我尷尬的場面可以讓大家看後覺得開心的話，我絕對可以和大家一起分享。懂得自嘲幫助我容易得到沒有意義的快感，年紀大了，臉皮厚一點好。

托斯卡納／我 之間

華籍工作狂男人都會將事業放在最重要的位置，家庭、兒女、父母親等，都會被次要化，除非是遇到突發性事件或者是全社會都會停下來的重要日子。每到過時過節，以工作繁忙為理由，解釋給孩子聽為什麼不可以去學校看她們的表演，不能帶她們去吃漢堡包等，臉上掛着一副無奈和身不由己的表情。

在兩個女兒成長期間，我們家有個可取的安排，就像過年一樣，每年夏天放一個兩星期的假，春秋季節則盡量安排兩個短遊，目的是讓一家人可以二十四小時一同生活。有好幾年我們都選擇了意大利的托斯卡納，住在簡樸山頭上的一間房子裏，重要的是戶外有草地和白色的餐桌，屋內是大大的廚房。我們每天買菜，在陽光下做早午晚三餐，在星空下一家四口將好吃的不好吃的都高高興興地吃掉。兩個女兒後來都喜歡煮飯，很有可能是在我們的假期中訓練出來的。托斯卡納的山腳下全是農田和向日葵花田。遠處有大大小小的房子，更遠處有一座又一座的山，山上定有一個小城，一所教堂，而教堂對面應該會有一間小店賣雪糕。吃完午飯，小女兒就會指向那個山頭，要求去買雪糕。山路不好走，看似很近，但有時候駕車上山，吃完雪糕再回家已經差不多要開始準備晚餐了。去年秋天，我大女兒帶兒子和丈夫去托斯卡納，租了車子和民宿，將以前去過的市場，浸過腳的溫泉，硫磺水的臭味都重溫了一次。

柏林／我 之間

柏林是個凝重的城市。當這個城市的中間還有一堵高牆的時候，這裏有兩個柏林。那堵圍牆，製造了東西兩個柏林。我和那時還是女朋友的老婆從漢堡坐上火車前往東德國境孤零零的柏林。我們經過兩旁陰沉的鐵絲網，車廂頭尾是荷槍實彈處於戒備狀態的士兵，三更半夜才亮燈檢查護照。二次大戰的影子加上冷戰雙方的敵對氣氛，為這個一分為二的柏林增添了不可救藥的悲傷。

我們經過地鐵站十分不友善的關卡進入東柏林。甫踏出地鐵站，街道上撲面而來的是空氣中燃燒過的煤炭灰。當時，這個城市的冬天還是在用煤取暖，加上城市中的房屋很舊，蒙上了空氣中的煤灰後，完全沒有其他色彩。舉頭向上望，你不會見到藍天，建築物的外牆有的只是戰爭留下來的彈孔。東西兩半共享一個天、一個民族、一種語言，卻分開成為兩個世界。那天剛好是東德國慶的前一天，市中心到處都有不同的軍隊在操練，準備第二天的閱兵典禮。他們的大旗幟懸掛在大廈外牆上，從上而下蓋着整棟大樓，那種氣勢和士兵們的皮靴與石頭路面的整齊的碰撞聲，讓我頓變沉默，走過這個可能當年希特勒也曾經駐足過，看過他的士兵們以同一個速度舉高手臂踏步而過的廣場。

回到西柏林，我又回到了有麥當勞和有搖滾音樂的世界。我拿起在東柏林餐廳裏喝啤酒撕下來的標籤看了又看，想了又想。我一生中去了圍牆兩次，一次在未倒下之前，一次在倒下之後。第一次是男女朋友兩個人，第二次是一家四口，很想讓兩個女兒都知道這一段人類可憐的歷史。

紐約／我 之間

第一次去紐約大概是在 76 ／ 77 年之間。六個人一輛車子，一間酒店房。出發前聽了許多紐約不安全的故事，果然在進入邊境過了水牛城後，公路旁就開始看到許多停在一旁的房車沒了四個輪子，引擎也給拆走了。第二次去紐約時，情況改變了許多。公路上不再見到被人破壞的車子，街道變得乾淨了，地鐵安全了。我讀過一本書，裏面介紹了當年的紐約市長朱利安尼如何透過市場策略，有效解決政府幾十年來都束手無策的安全和市容問題。我在後來懂得如何消除人們的習慣，培養新的價值觀，很大程度跟見識過紐約如何自我改變的招數是有關係的。

每年大約有兩三百套電影和電視劇以紐約為背景和題材而拍攝。在紐約拍攝《40 小時》節目的時候，我和團隊也特地策劃了一集，討論紐約如何在文化、科技、金融投資、音樂歌劇表演等領域影響整個世界。我們去了拍過賣座電影的珠寶店，吃煙燻牛肉的猶太餐廳，還有中央公園、曼哈頓橋底等地方。在這十一二年中，我去了紐約大概八九次。因為大女兒去了那裏工作，後來又嫁給了一個紐約客，如今又生育了兩個一半猶太血統，一半中國血統的兒子。她要求將來孩子懂事後，我要負責教導他們中國文化上好的東西，我答應了，因此我要努力鍛煉身體，到時才能應付。八年前，小女兒在康涅狄格州上大學，畢業之後工作的地點也是紐約。我這個四人家庭，此後變成有着十二小時時差的兩個大本營。我和老婆也有了新的工作崗位。大女兒坐月的時候，我們每兩天去一次唐人街買烏雞，在德昌食品市場買豬手和鱸魚。

我們很肯定，以後我們每年都會來紐約一兩次，孫子將來會知道多少中國人的思想和性格，就要看我們出現次數的多少和時間的長短了。

香港／我 之間

無論我在這個世界上剩下多少時間，香港永遠都會是我的半個故鄉。假如要我評價自己在香港生活期間的得失，我會這樣子說：不同階段的我是不同動力的飛機，快的、慢的、大的、小的、短程的、遠程的……但香港永遠都是我的機場和跑道。沒有這個曾訓練我的跑道，就不會有目前這個版本的我。

在香港我學會廣東話和英語，我爭取到想要的工作，爭取到願意給我難得的進階機會的伯樂。這就是大家口中的獅子山精神，我們的勇敢、不怕輸、相信自己、懂分析、尊重法律等香港人特質，都是人生機場裏必有的條件。1979 年我回歸香港，心中的機場擴大了視野，跑道也加長了，增加了我面對世界、面對不同文化的信心。我對事業的信心，讓我有能力孝順父母親，做好三個妹妹和一個弟弟的大哥，以及照顧好兩個女兒。我要感謝的是，我在香港擁有爭取的自由，可以發揮自己的能力，掌握語言上的融會貫通，透過溝通創造了自己的價值。

喜馬拉雅／我 之間

那年我有兩天住在尼泊爾境內面對喜馬拉雅山群的一間小木屋裏。早上打開門，看到的就是雪白的山脈。我一向喜歡海洋而不喜歡山，山給我的感覺是寂寞的，孤單的。但有兩座山讓我難以忘懷，並埋藏在心靈深處。喜馬拉雅山是其一，另外一座是半夜月光下的洛磯山頂。我坐在灰狗巴士的大玻璃窗前睡不着，巴士從溫哥華出發一步一步地往上爬，在半夜的月色中爬到了最高的地段。大家都睡了，除了司機之外，我是唯一還睜着眼睛的人。在寂靜中，在海拔幾千呎的山上，我們是那麼地靠近天空、月亮和星星。這些都是在人類出現之前已經存在的東西，我們只是過路的人，那天碰巧在那個山上出現而已。

至於喜馬拉雅山給我的好感，其實是很人性化的。疫情前兩年，我參加了一個為期十二天，叫喜馬拉雅寫作工作室的培訓課程。工作坊導師是美國作家 Eric Weiner，他會訓練我們如何處理文字、故事情節。Eric Weiner 寫了好幾本與歷史、社會文化系統有關的暢銷書。他所著的《The Geography of Genius》是我特別喜歡的一本。現在全世界都在爭取將城市、地區甚至國家，進化到如矽谷一樣有價值的智慧之地。

我們在喜馬拉雅山北邊山腳不同的地方學習寫作。第一課，我們在富有宗教氣氛的 Boudhanath Stupa 佛教寺廟順時針方向走三個圈，然後回到自己的書桌前坐下，寫下當刻有關聲音的記憶和感受。Eric Weiner 說，將腦袋放在一邊，右手會負責所有的創意和寫作。我提出疑問：沒有找到一個概念作為出發點，怎樣可以寫出好東西？他告訴大家，我們交了團費，是要學習他的方法，而不是堅持我們固有的習慣。無可奈何之下，在他如炬目光之下，我們的手不能停下來不寫，更重要的是千萬不可以動用腦袋。我不習慣，但又沒有能力反抗。十分鐘後，卻發現我的腦袋真的可以放在一旁，我的右手竟然可以自動組合出一句一句的文字，不但言中有物，更能表達出某種感情。我被他改造了。

沙漠／冰川／我 之間

我並不是一個太鍾情地理的人。年輕時對不同城市裏的教堂、高樓大廈、博物館、國會大樓的興趣，一定會比亞馬遜河、洛磯山脈、雨林區、紅木區濃厚很多。四十歲開始，我總覺得，哎呀，我已經處於不再年輕力壯的階段了。踏入五十歲的那一天，我更清楚地告訴自己：「吳文芳，你已經是個老人家了。」

緊跟在後面的是：「吳文芳，你還有多少個十年存在於地球上？」

在六十歲的第一天，我答應自己在七十歲人生完蛋之前，不可以吃不健康的東西，不可以亂喝酒，不可以睡得不好。我有責任建立並保持充分運動的習慣，因為我答應了自己，世界那麼大，無奇不有的東西又那麼多，要抓緊時間看多幾眼這個世界。無論我的旅遊攝製計劃 40urs 去到什麼地方，我都要去嘗試。前面有沙漠，我就要有膽量和健康的身體從高處向下滾到山腳，去到任何湖泊都不會因為怕冷而不跳下去。七十歲的第一天，我知道我還活着，回顧過去的十年，又想起了將要面對的新的十年，那會是我最後的十年嗎？極有可能。

如果我的體能還可以支持，這十年我最想去那裏？不假思索，最少兩個沙漠一個冰川。我是一個容易受人影響的人，一套電影裏面的一個畫面就會令我下定決心，排除萬難，勇往直前。因為愛上了電影和原著《遮蔽的天空》（The Sheltering Sky），我愛上了沙漠。作者 Paul Bowles 說過：「Death is always on the way, but the fact that you don't know when it will arrive seems to take away from the finiteness of life.」死亡總是在路上，但你不知道它何時到來的事實似乎也帶走了我們生命中的有限性。這本小說帶給我非一般的震撼。

故事的背景是撒哈拉沙漠，我一向喜歡既陌生又神秘的阿拉伯文化和建築，更嚮往沙漠空空如也的感覺。每次看到沙漠我就會想起撒哈拉。於是在拍攝《40小時》時，我爬上沙漠的最高點，脫掉鞋子躺下，然後雙手互疊胸前，讓自己的身體向下滾。然後我更加愛上了沙漠。

在西班牙電影《北極圈中的情侶》（Lovers Of The Arctic Circle），其中一幕是太陽不下山，鏡頭在水平移動下顯露一座座巨大宏偉的冰山。於是我去了冰島和格陵蘭，穿着釘鞋艱辛地走在冰川上，拍攝了類似的畫面。跟沙漠一樣，冰山也是一大片的空空如也。不同的是山的顏色，我們穿的衣服和空氣中的溫度。可以感受這樣的差異，是我為自己安排的幸福，我很幸運。

太陽／月亮／我 之間

在我人生裏，無論是我幼年時的小手指，成人後的大手指，年老後帶着皺紋的手指，都不會指向月亮。懂事的時候，老祖母見到我手指指向月亮的一剎那，就會趕緊按下我的手臂，鄭重地告訴我：「月亮是世界上最鋒利的東西，會切掉你的耳朵的。」四五歲的我嚇得用雙手緊緊按着兩隻耳朵。第二天，右耳朵和頭皮相連位置的皮膚出現了微微分裂的一條血絲。從此任何大人、小孩指向月球的時候，我都會像祖母一樣按下他們的手指。

再後來，我看到人類在月球上的一小步，知道月球是一個球而不是一把刀，但是老祖母的話還是在發揮作用，寧可信其有不可信其無，這是東方思想最好玩的地方。大女兒四歲的一個晚上，我們在馬爾代夫機場下飛機時，已經是晚上的十一時半，當時還需要坐上一艘小艇前往小島上的酒店。船上除了駕船的兩個船伕，就只有我們一家三口。在黑沉沉的海面上，有一道跟隨着波浪的閃亮的清晰倒影。我抱着女兒坐在船頭，大家都沒有睡意，睜着眼睛看着水面，看着天空中的圓月。這個存在了上億年，天天爬上天空，天亮後消失的月亮，在那天晚上特別地美麗，特別地溫柔，讓人特別地難忘。這是我和大女兒都不會忘記的回憶。

我在加拿大上學、工作，住了九年，經歷了許多個冰天雪地，零下二十度、三十度。每年的春天，同一個太陽掛在天上，但天氣是溫暖而不是冰涼的。四十多年前回來香港後，我選擇住在一個小島上。每個夏天的周末，只要不下雨，就去觀音灣的沙灘上享受太陽，那是人生最溫暖的享受。自從有了收入後，每年最慷慨的行程就是去不同國家的陽光與海灘，泰國、峇里島、馬來西亞、馬爾代夫、毛里裘斯、希臘小島等。太陽是屬於比堅尼、啤酒和年輕人的。年紀變大後，我對冷的地區的好奇才慢慢增加了。白天有太陽，晚上有月亮，這是在我出生前已經存在的事實，所以我從來都沒有去追問為什麼世界上有太陽、月亮、白天和晚上。有人提倡世界的一山一水都是由一個萬能的創物者所創造的。我並不願意接受這個論點，但又沒有辦法去證實另外一個想法。

我喜歡向日葵，它們大而強壯，顏色奪目。我喜歡防曬太陽油的香味，因為只有在沙灘上，大家都穿很少衣服的環境下才能聞到，那代表着開朗活潑的生命力。

我聽過許多有關太陽的神話和故事。太陽代表的是快樂、能量和正面。冰島身處北方，夏天沒有晚上，冬天沒有白天。有一個當地的朋友問我，你覺得如果冰島人自殺，會選擇在夏天還是冬天呢？如果你也跟我用理性思維去回應的話，你就錯了。他最大可能是會選擇在太陽不會下山、天天不能入睡的夏天。

永別／暫別 之間

高科技使我們在最短暫的時間內可以得到任何範疇的信息，這可能造成人類無比聰明的錯覺。但是，一大堆的資訊是否就會讓我們變得聰明呢？有人說面對太多的資訊，如果不懂得處理就會變成一個缺乏清晰頭腦、思路混亂的人。

在這個人手一機的年代，資訊很容易成為改變大眾思維的工具，媒體的力量就是如此建立起來的。假如現在流行的是黑色衣服、紅色頭髮，突然間每個女孩子都會穿上黑色衣服，將頭髮染成紅色。雖然流行的東西不會永恆，現今的人類卻特別容易去注重目前的得失，忘記了來日方長的計劃。人類追求即時滿足感，而不再單純追求穩定的職業或長久的物質積累，這促使人們重新定義成功與幸福。

社交媒體的興起，讓人們的交流變得更加短暫和表面化，深厚的人際關係可能受到挑戰。物極必反，在短暫的日常生活中，個體可能更關注外在吸引力，而忽視了與伴侶之間的深層次情感連接，進而導致關係的疏遠。我發現許多70/80 之間的人開始尋求更深層次的精神寄託，探索哲學、宗教的永恆價值，試圖找到生活的意義。

勉強／不再勉強 之間

看着自己的身體狀況，知道自己老了，已經不像十年前，還可以在見到沙漠時讓身體滾下沙坡，四大冰川爬了三座，見到湖水就隨心跳下去。敢作敢為的精神變成了三思而後行，或者不行。知道失去的除了體能，還有健康身體一直默默提供予我們的幸福感。沒有健康等於沒有幸福感，這與一加一等於二一樣簡單。壯年時，在職業生涯中的壯志、得失心、好勝心，乃至憤憤不平，還有工作帶來的自豪、滿足的美妙感受，隨着年齡的增長，還存在嗎？

有人看通了，他們會說：「在人生的大路上，有些問題是微不足道的。不同的意見就讓它們共存，毋須對抗。」一個硬幣的兩面我都看過了，心中的模稜兩可還是揮之不去。我一生都不想過人云亦云的生活。在做「鄉下仔」的時候，容易產生退而求其次，多一事不如少一事的心態。隨着年紀增長，力不從心、不要強求、適可而止等充滿智慧和善意的忠告，從微信、WhatsApp、Email等不同渠道，無所不在地告訴我：「你的好日子已過去了。」我一生都要在勉強的狀態下才會感覺到自我價值，是否也要接受走下坡的無情現狀呢？但是，我難道有仙丹可以返老還童嗎？

看過一則報道，訪問一個八十多歲的老人家，記者問道：「您已經八十多歲了，為什麼您每年還可以完成馬拉松全程呢？」老人家回答：「我從第一步開始，就沒有認為自己在跑一個全程的馬拉松。我將路切開了十段，每一步我都是在跑一個很短的路程，所以不會害怕自己跑不完整個賽事。心中沒有壓力，一步一步輕鬆地去跑。」

這位日本老人家其實是很聰明地在用自己的方法，去應付人生中遇到的勉強狀態。我很希望，面對七十三、七十四、七十五乃至將來時，我還能在不勉強的情況下，想出一個方法去繼續勉強自己。做人就是要去面對考驗，特別是在你失去以往能力的時候，做老人更要想得開。去年過年的時候，我突然間想到一個以前從未想過的問題：「我要準備一張遺囑嗎？」

大／小之間 4

小天真

小時候勉勵自己要有本事，住的房子要越大越好；年老了正好相反，只要有個睡覺的地方，最好是靠近洗手間，方便晚上上幾次廁所就好。客廳不重要，書桌坐不了那麼久，電視機可有可無。在嬉皮士年代，我們天天聽着歌，頭上戴朵花就去三藩市，對什麼東西都感到好奇。世界上有戰爭，但也有反戰爭的歌和一眾歌星、歌迷。無可否認，在嬉皮士長頭髮、愛花朵的年代，改變了我 1971 年到今天的做人態度和生活方式。五十四年之間，許多無知的天真都已經消失了。僅留的天真是要堅持 82.3% 的時間不說假話，不說阿諛奉承的話，不吃貴的東西，永遠不買法拉利。

大知道

這是一個沒什麼人提及過的話題：我們該知道什麼？香港、上海、多倫多、悉尼、倫敦、溫哥華、三藩市，香港人總在大城市裏面生活。我們確實是已經習慣了城市的便利。

我太太堅持要留在香港，因為她知道香港的醫療設施好，而更重要的是香港的醫療工作人員對病人的關心程度比許多城市的高。如今資訊超級發達，什麼事情都可以快速輕易地知道。但知道只限於知道，知道後的明白才是真正的「大知道」。在我中風後，我才知道病了就是病了，當中有遺傳，有後天的因素。有一個晚上我在病床上睡不着。我很清醒地在發揮着我的小聰明，腦海中問：有多少個病友曾經在這床鋪上停止呼吸？身上緊貼着我皮膚的睡衣褲有多少病友穿過？

做人這回事，大腦會告訴我們怎樣去面對突如其來的「大知道」。那個時刻是恐懼還是安然？兩種情緒對立，會製造出兩個版本的「我」。那一個深夜，就是我意會到「大知道」的重要一刻。後來我痊癒之後，有許多人叫我去和他們中風的丈夫、兒女、朋友談話，展示一下我痊癒的正能量。這是很奇怪的現象，大部分病人都不明白他們為什麼會患上嚴重的病。「我做運動，我不抽煙，我不亂吃東西，我不做壞事，那我為什麼會得這麼嚴重的病？沒理由。」這種病友不容易處理，他們困在自問自答中，「不應該是我！」這就是不知道，他們不知道我們的生命並不在自己的掌控中。

小龍女

看過金庸的《神鵰俠侶》後，六十多年來，我沒再看過其他任何武俠小說。《神鵰俠侶》中所有的招數和打鬥的偉大場面，我只記得的只有楊過的一招，「黯然銷魂掌」。這個招式的誕生與楊過的個人經歷和情感狀態密切相關，體現了金庸「以情入武」的特點。楊過經歷了一系列情感波折，尤其是與小龍女的分分合合。在絕情谷中，他因情花之毒和與小龍女的離別之苦，身心備受煎熬。他竟然可以將自己的情感融入武學，創出了「黯然銷魂掌」，深刻體現了他因離別而生出的極致哀傷。這套掌法的特點是「以情馭力」。楊過在心神俱傷時，掌法威力達到巔峰。反之，若心境平和，掌力則會大打折扣。掌法共十七招，招式名稱多與離別、哀愁相關，如「心驚肉跳」、「拖泥帶水」等。每一招都蘊含複雜的內力變化，楊過對抗金輪法王時，在瀕臨絕望之際，因思念小龍女而觸發掌法威力，最終反敗為勝。我一生希望得到的就是這種牽腸掛肚的特異功能。唉！我又天真了。

大幻想

我喜歡描寫女性美的文字，在《查泰萊夫人的情人》中，D.H. 勞倫斯對女性身體的描寫極為動人。他描述一個女性赤裸騎在馬上的場景，可以被理解為對性和自然的解放，體現她對身體和欲望的大膽追求。這一情節不僅展示了她內心的渴望，也反映了她對自身身分的重新認識和對社會壓迫的反抗。在《百年孤獨》中，加西亞・馬爾克斯通過對女性形象的描繪，探索了身體與存在之間複雜的關係。在《北回歸線》中，亨利・米勒用大膽直接的語言描寫女性的身體，強調了肉體的欲望和生命的原始力量。然後金庸筆下的小龍女，可以說是對女性角色的終極幻想：不知來路，風華絕代卻離群索居；古墓派第三代掌門人，傳承古怪而神妙的心法，靠抓麻雀練輕功。最令我動心難忘的是，她是躺在繩子上睡覺的。金庸老師，不得不敬佩您豐富的想像力。以上都是跟身體相關的文字。而我的身體，吃過不少消炎丸、痛風藥，做過三次手術，現在要用很多的潤膚膏，戴眼鏡，走路慢了下來……將來會怎樣還不知道，只知道我不會去打 Botox。

保險／遺囑 之間

在城市中打滾的中產，對保險一定很熟悉，但不能擔保所有人都知道自己的保單會在什麼時候發揮什麼樣的效能。我第一份保單是在辦理離婚手續的時候買的，受益人是我媽媽。我的第二份保單，是在大女兒剛剛誕生時為她買的。保險經紀說得很動人，女兒剛來到這個世界，不需花太多金錢，買個基本的教育保單就好，在她二十一歲的時候，你就可以有足夠的現金選擇買一輛保時捷給她。十二年前她二十一歲，從她保單上拿回的現金，只足夠買一輛電單車。保險是為對將來感到不安的人而設的產品，而且還是很矛盾的，因為誰賺了誰的錢，大家都不知道。我是懷疑保險的人，我老婆卻是保險產品的最佳顧客，所以我也有很多份的保險。有人說過：「我們買人壽保險，不是因為我們知道自己有一天要死掉，而是因為愛我們的人還要活下去。」「保險就像一個備用輪胎，擁有它而不需要它，比需要它而不擁有它重要。」

跟幾個朋友談到，一把年紀，勞碌了一生，銀行賬戶裏可能會有一些財產，或者有一兩間房子，有幾隻小股票。理論上如果我明天死去，那所有東西就會交給老婆去處理，那不是很方便嗎？其實這只是一個假設，如果她比我先去到極樂世界，這個責任還是自己的。「遺」和「囑」兩個字加在一起，是個名詞，即在一張紙上寫下的我的安排。為什麼要寫下來，因為我去世後，嘴巴說不出話來。可是拆開兩個字來解釋，遺是留下來的，囑是告訴、叮囑，是一段富有感情的話。現在的人已經將遺囑看成是上一輩離開這個世界之前寫下的對「遺產」的安排和分配，是一個法律上的文件，一個避免爭吵的工具，也是老人家最後一次行使財產上的權利。

我七十歲後，會思考遺體不能遺下給任何人，遺志、遺願很快就會被忘掉，還是財產最現實，留下一百塊錢可以去吃一頓飯，留下一個物業可以立刻賣出去。

我曾經告訴自己，我和老婆對孩子的責任是供書教學，當大學最後一期的學費交給校方後，責任已經完成。以前沒有打算留給兩個女兒或者孫子任何財產，希望能多做些幫助年輕人發展的項目。如果有更大的本事，就設立一個給年輕人的獎學金。過去兩年有所改變，萌發出留下一些物質的東西給今年兩歲的孫子的想法。唉！我自私了。

我還決定留下另外一些東西給大孫子：我一生中喜歡過的音樂和歌曲。我會放在這本書最後的部分。我也會留下對他的一個要求：喜歡音樂，成為樂團偉大的指揮。原因是他出生的時候左邊的耳朵少了一條連接到大腦的神經線，導致聽不到任何聲音。在他一歲的時候，一個手指特別粗的專家在他耳朵附近的頭骨中，安裝了一個電子儀器，令他獲得兩雙耳朵都可以欣賞音樂的能力。自此，我就希望他的一生可以擁有音樂去豐富生活，更美妙的是，他也可以為音樂做出貢獻。

2025 ／ 2032 之間

秦始皇當年找不到長生不死的仙丹，我也找不到。七年後我的大孫子該是八九歲，小孫子七歲，他們很有可能是我這幾年的快樂指數的決定者。我和太太去了大女兒紐約的家。大女兒坐月，我們負責到唐人街買魚、買雞。小的要喝奶，我們就負責煮飯給哥哥吃。

我們沒有時間去博物館和百老匯看表演，這卻是我們一生中最美妙的旅程。2026、2027⋯⋯2030，如果我還有幸活着，他們會是我最重要的聽眾。平時我不喜歡和人相處的壞習慣，不會在他們的身上出現。我會講很多很多的故事給他們聽，特別是有我們東方思想的故事。我絕對不是一個民粹主義者，這大半生我十分享受西方的推理和東方的感性帶給我的感悟。更奇妙的是，在不同情況下我可以靈活地切換東方和西方的思維，並遵守大部分的原則。

2032 年的我大概會很孤獨，沒有朋友，老婆會和我在一起，但她會謹慎地保存她的獨立性和她對所有事情的堅持，不會對我特別好，也不會特別差。我將會失去我所有的朋友。我希望可以生活在紐約附近的村子裏，坐兩三個小時的車就可以看到我的孫子。我們不會再買房子，希望可以以紐約為中心，在周圍的山下、海邊、城市中生活。但如果到時候要坐輪椅，行動不能自主，那我就會有完全不同的安排了。

未來這七年中，我相信世界會發生有趣的變化。以下是一些可能的趨勢：科技進步會加強自動化醫療設施發展，人工智能將深度融入老人家的生活；氣候變化繼續是全球關注的焦點，國際社會會更積極地推動可持續發展。幾十年來，我都是在做溝通工作，希望在這基礎上我還可以有點貢獻。

被接受／被進化 之間

一開始寫這本書時，我用生命是被「扔」進來的作為開場白。再看看幾千年來，其他的人，無論黃皮膚的，白皮膚的，黑皮膚的，都是這樣進入這個世界的。他並不知道自己會是拿破崙、希特勒、牛頓或蘇東坡，或街邊的一個小販。大家來的過程都是一樣的，命運與命運之間，存在差距，塑造了一個個不同的人格和風姿。

現在許多國家人口減少，愈來愈多年輕人沒意欲生育下一代，的確令人擔憂。我是老大，下面有三個妹妹和一個弟弟。孩提時在媽媽的統治下，覺得我們是一群最快樂的兄弟姐妹。十七歲時，我離開了香港的家，心中每天所掛念的是媽媽、爸爸、所有的妹妹和弟弟。我一生中，老是想好好地照顧他們。後來大家都長大了，在不同的時間一一離開爸爸媽媽的家去了讀書，然後又有了自己的家，做了別人的爸爸媽媽。大家見面的次數減少了，我們唯一還可以見面的機會是每年的清明節，從各地去到廈門附近的集美掃墓，探望爸爸媽媽。

我喜歡看到小孩子，他們的調皮，他們的開心，他們的眼神，總會令我感到人類生存的喜悅。但在成年人中，我沒遇過多少個令人心動的人，大概只有曼德拉、德蘭修女和蘇東坡。一生中遇到的成年人，好的不多，不喜歡的則多得很。

天堂／地獄 之間

我不希望自己將來會有任何形式的墳墓。我覺得地方有限，無謂浪費寶貴的空間。修建墳墓的確是人類歷史上花費了過多資源卻沒有什麼重大意義的行為。那為什麼有那麼多人去世後還要大張旗鼓地去建墳墓呢？阿根廷第一夫人 Evita 的墓，位於一個墓區的一座大理石小屋裏，她的棺材也是用大理石做的，我不知道這樣的墳墓有什麼價值。

父親去世的時候，在姻親的要求下，下葬在距離廈門不遠的集美。中國有清明節，之後我們以掃墓為名，每年都會陪伴母親去掃墓。墓碑上刻有爸爸媽媽的名字，爸爸的部分刷上了顏色，媽媽的名字也在兩年多前上了色。媽媽的骨灰放在墳墓中爸爸的骨灰旁。

去年夏天，我和我廣告公司的舊老闆去了法國南部一個很神聖的小城盧爾德（Lourdes）。舊老闆的丈夫去世多年，膝下沒有子女。她擔心自己年紀大的時候，沒有誰會在她的身旁，她百年歸老之後，誰處理她的後事。我知道她這方面的擔憂，也知道她對天主教的信仰，偷偷地在盧爾德教堂的公園草地上找到一棵樹，樹旁有一張白色的公園長椅，可供來到這棵樹的朋友坐下休息，在不遠的地方，還有耶穌背着十字架的雕刻。我拍了照片，略加編輯後，帶着她去到那棵樹前告訴她，將來有一天她的骨灰就會給我灑在這棵樹底部的泥土上。她看了又看周圍的環境，聽着不遠處的教堂傳來的鐘聲，很滿意我的選擇和安排。回港後，我將照片打印出來，交了給她。

記得十六七年前，我們帶着舊老闆媽媽的骨灰去到蘇州河旁的一個小公園。我們將骨灰混合在玫紅色的花瓣中放在河水上面，讓她漂向黃浦江。過程中一陣風吹起了大家白色手套中的骨灰和花瓣，我正在為大家拍照，骨灰吹進了我的眼睛、頭髮和正在說話的嘴巴中。我吐出來會顯得不敬，不吐出來又很奇怪。在這人生中最奇怪的一剎那，我不假思索地喊了一句話：「Grace，你媽媽就在我的口中！」她知道我為什麼會這樣說，但不知道如何去幫助我。

我去過馬克思在倫敦的墓地，奇怪的是他的墓地附近也安葬着許多粉絲。他們是來自世界各地的共產黨人，一生追隨馬克思主義，死後也想繼續追隨左右。

最近，無意中知道有一個美國傳教士在清末時去到廣東省，他努力地學習廣東話，最後用廣東話翻譯了聖經。他在香港去世，安葬在香港跑馬地的天主教墳場。我決定有空就會去看看他的墳墓和墓碑。這個墳場最出名的不是這個傳教士，而是在門口的對聯：「今夕吾軀歸故土，他朝君體也相同。」

一代／二代／三代 之間

我現在有兩個小孫子，將來會有更多，這是我的期望。

2023 年 5 月，我成為了孫子 Raf 的公公，我和太太去了紐約見他。寫下感想時，我正在飛回香港的天空上。

最大的快樂和最大的擔憂同時擊中了我們的心。剛出生十二天的 Raf 有一張超級聰明的臉，一對大眼睛像是可以讀懂他在世界上第一批看到的陌生人，他將稱之為父母的人，還有他母親的華籍父母、父親猶太籍的祖父母和叔叔阿姨。但 Raf 左邊的耳朵生來就缺了一條連接大腦聽覺的神經線。

每天我們都迷失在醫生的諮詢意見和超聲波、核磁共振報告之中。從哈德遜街的酒店步行到沙利文大道的十五分鐘裏，Terri 和我靜靜地走着，我們沒什麼可談的。

在 Nicole 的房子裏，我們確實有很多話要說。談掃描結果、諮詢方案、醫療設備……與此同時，Raf 正在成長，而且是正在快速成長。他喝着媽媽的奶，踢腿，哭的時候哭，笑的時候笑，完全不知道我們正在為他的耳朵擔心着，討論着。他越長越帥了。

他的小皺眉給我們帶來了笑容，他的大便讓我們為他的消化健康而開心，他每天的照片和視頻佔據了我們的注意力，讓我們覺得土耳其的選舉沒有那麼重要，連通貨膨脹、新冠病毒都被我們忽視了。

他有一雙像他父親一樣的眼睛，看起來很聰慧；他的嘴巴就像他母親一樣，紅潤、飽滿。只有十多天人生經驗的他，如同首席執行官一樣看我們會如何對待他，像是有能力評判我們的行為。

RAF 是英國皇家空軍的縮寫，Royal Air Force。在 Raf 笑容的推動下，我向 Terri 建議結束過去的生活方式，去找尋我們的新生活，例如盡量在紐約四周的山上、山腳、河邊、海邊、小鎮大城，在以 Raf 曼哈頓家為中心、路程不超過三小時的地方居住，每三個月搬一次家，讓孫子以為公公婆婆隨時可以出現在他身邊，和他一起。

他一歲的時候，成功地接受了 Dr. Roland 的手術，終於兩隻耳朵都可以辨別方向，享受天下所有的朗誦、吵架、小提琴、大提琴、京劇、粵劇、音樂劇、The Beatles、南音、Rock n Roll 等的聲音。我心血來潮，突然間想出了為他慶祝的禮物。我會將這個禮物放在互聯網上，加上印刷實物，讓孫子們知道我十八歲愛上的 Rock Band 是 The Who 和 Guess Who，五十歲時卻愛上了 Maria Calais。我會詳細地列出我的音樂興趣在不同年紀的改變。他日我上了天堂，他們還可以知道原來公公是那麼地感性，喜歡的都是歌頌偉大愛情的歌曲。

孫子／我／ Beatles 之間

大孫子的左耳因為科技的關係，感覺到了立體聲。有一天晚上，他準備睡覺的時候，舉起了雙手，示意兩旁的我們手拉手。他口中好像在唱一首歌。他的媽媽打開電話，電話中傳出了 The Beatles 的《Let it be》，小小的身體開始隨着音樂的節奏左右搖擺起來。他望着我們，像在鼓勵大家張開嘴巴，讓他媽媽帶領大家跟着手機裏的音樂大聲歌唱……

Let it be, let it be, let it be, let it be
There will be an answer, let it be
Let it be, let it be, let it be, let it be
Whisper words of wisdom, let it be
Let it be, let it be, let it be, let it be
Whisper words of wisdom, let it be, be
And when the night is cloudy there is still a light that shines on me
Shinin' until tomorrow, let it be
I wake up to the sound of music, Mother Mary comes to me
Speaking words of wisdom, let it be
And let it be, let it be, let it be, let it be
Whisper words of wisdom, let it be
And let it be, let it be, let it be, let it be
Whisper words of wisdom, let it be

他是一個感性的小孩，開始領略到親情、音樂、內心的感受和情緒。

深受感動的我就構思了以下的內容。

致簡立（Raf），

這是公公特意為你編寫的文章。

記錄了公公從孩提時代到現在，
接觸過，喜愛過，享受過的音樂，
和一些音樂上的觀點和品味。

希望你從小就知道，
如何可以更好地去運用我們左右兩個耳朵。

如果你長大後還學會了中文，
那就更好了。

親愛的簡立，這是你的中國爺爺。

昨天晚上我和你的祖母觀賞了香港芭蕾舞團演出的《天鵝湖》，場館位於九龍尖沙咀的文化中心。

香港是你母親 Nicole 出生的城市，也是你父親遇見你媽媽的城市。去年你來了一次，一歲還不到的你一定還看不出這個城市有多麼地特別和美麗。

我們都非常喜歡那個表演。再過兩天，你的父母會帶你去見 Thomas Roland 醫生，他會幫助你恢復左耳的聽力。很快，你不僅能享受自己唱的《Twinkle Twinkle Little Star》，還可以用兩個耳朵去享受 Mendelssohn 的曲子、《Hungarian Dance》、《Bohemian Rhapsody》、Beyond 黃家駒的《海闊天空》，然後是 The Beatles、Rolling Stones、崔健和精彩的 Hard Rock、Soft Rock、Blues、Jazz、Punk、Heavy Metal、德國歌劇、意大利歌劇等等。

你媽媽出生於 1989 年 7 月 15 日。那一年，崔健的《一無所有》成為了祖父祖母最崇拜的國語搖滾歌。當你祖母被推進聖保羅醫院的產房要生下你媽媽的時候，手術室前的走廊上，有個準媽媽因為疼痛而大聲尖叫。你的祖母急中生智，戴上了耳機，打開她的 Discman（這是一個電子設備，你放一張 CD，就可以播放 CD 上的曲目），崔健的歌聲覆蓋了旁邊痛苦的呼叫聲。大半個小時後，你媽媽就在搖滾音樂中來到了這個世界。

你媽媽的第一個中文名字是 Ng Tonn（吳彤），這個名字用了八年。直到你姑姑 Nadine 來到這個世界，我們家的好朋友 Grace 阿姨把我們的名字給了一個算命先生，看看筆劃是否妥善。我們的都沒有問題，只有你媽媽的「彤」（Tonn）不能再用，原因是彤字太尖銳了，繼續用，她會很容易和人吵架。我們為你媽媽改名吳「觀」，喜歡「觀」察，喜歡看東西。你的祖父母希望所有的孫子們都能夠看到漂亮的東西，聽到美妙的音樂，感受到世界的美好，去打開心扉，去喜歡地球上的一切⋯⋯ Nadine 阿姨的名字是 Ng Jing（吳津）。「津」是品嘗，品嘗世界上不同的文化。你的爸爸的姓是 Cantor，簡化後就是簡，祖父將 Raf 音譯為「立」，希望你做個頂天立地的人。

1956 年至 1962 年之間，公公曾經喜歡過的歌。

公公出生於 1952 年，在中國的福建省，當時中華人民共和國成立了三年。當年，我和我媽媽住在福建省一個非常落後的漁村裏。沒有人有閱讀任何形式的報紙或雜誌的習慣，也沒有收音機。在我人生中最早的六年裏，耳朵聽的純粹是家庭的是非和老師的教誨。

七歲前，我搬到了廈門，生命中第一個踏足的城市。我看到第一個燈泡，第一次聽到音箱傳出來不僅僅是人類說話的聲音，還有樂器聲和歌聲。那時候，雖然沒有一個家庭可以擁有一部收音機，可是音樂在市民心裏還是很令人盪漾的。為什麼？在思明中路的一個小商店，店主用黑膠唱片機播放着當時流行的歌曲，歌聲從店門口的揚聲器傳到行人路上，愛好音樂的人會進入店內買一張用相紙複印出來的歌詞照片。人群伴隨着音樂，讀着手上的歌詞，陶醉地唱着。我一生人都在追求浪漫，那肯定是從當時那馬路邊的歌聲裏滋養出來的。

Raf，我愛上的第一首歌是一首名為《哎喲媽媽》的印度尼西亞情歌。林彩冰出生於福建漳州的一個印度尼西亞華僑家庭。1955 年，在福建師範大學學習時，他開始翻譯外國歌曲。《哎喲媽媽》非常受中國年輕人的歡迎，當年許多年輕人每天都會聚在一個小店門口外大唱特唱「哎喲媽媽，不要對我生氣」，以抒發心中對愛情的嚮往。我相信這是讓一大群年輕人（也有一大堆老年人）覺得自己很浪漫的最便宜的方法。

小時候也聽了許多很激昂、愛國家、愛人民的歌曲。

1963 年來到香港，有了一個原子粒收音機，播的歌曲在敘述愛情帶來的痛苦，西方的音樂也開始佔據了公公的耳朵。

1963 年，我媽媽，也就是你的曾祖母帶着我和你的兩個阿姨——Natalie 吳文君和 Amy 吳文祿——第一次坐上電油味很強烈的大車，前往香港和我們的爸爸團聚了。他的名字是吳世鐵，也就是你的曾祖父。

那年，我十一歲，很不願意離開中國內地。我愛內地，信任社會主義的生活方式。大家都很窮，肚子總是很餓，但我們都有顆年輕的愛國心，相信長大後，我們會建設中國，中國將會強大得像蘇聯一樣。在香港，沒有人唱任何革命歌曲，當時流行的都是那種「我有一段情」、「負心的人」之類的主題。

後來，我們家裏擁有了第一台收音機，之後又有了一台黑白電視和一台開放式捲軸錄音機。

公公一直是個浪漫的人。不唱革命歌曲後，一個十二歲的孩子，喜歡的都是談談情說說愛的情歌。

1. 吳鶯音的《我有一段情》
Raf，留意在編曲中，樂器和節奏都是很中國化的。

2. 顧媚的《不了情》
《不了情》是 1961 年由林黛主演的非常著名的香港電影，故事情節幾乎就像 1970 年荷里活版的《愛情故事》。顧媚唱了其同名主題曲，歌詞是這樣的：

忘不了 忘不了
忘不了你的錯 忘不了你的好
忘不了雨中的散步
也忘不了那風裏的擁抱
忘不了 忘不了
忘不了你的淚 忘不了你的笑
忘不了葉落的惆悵

也忘不了那花開的煩惱
寂寞的長巷 而今斜月清照
冷落的鞦韆 而今迎風輕搖
它重複你的叮嚀 一聲聲 忘了 忘了
它低訴我的衷曲 一聲聲 難了 難了
忘不了 忘不了
忘不了春已盡 忘不了花已老
忘不了離別的滋味
也忘不了那相思的苦惱

3.《綠島小夜曲》

4. 電影《仙樂飄飄處處聞》配樂

5.1910 Fruitgum Company 的《Simon Says》

6.The Beatles 的《I Saw Her Standing There》

7.The Monkees 的《I'm A Believer》

8.Lulu 的《To Sir, With Love. 》

受到 Dr. Roland 的啟發後，我決定為你製作這一份紀錄：當你十五歲的時候也就可以知道公公婆婆在十五歲的時候，在還沒有 YouTube 和 Spotify 的長大過程中，我們喜歡的樂隊、歌曲等等。

音樂可以讓你無限體驗來自世界各地不同的文化和背景。音樂是我們腦海中最純粹的藝術形式，我們看不到音樂，無法觸及它的形狀，但它會觸動我們的內心。還記得年輕的時候，我和我第一任妻子去了卑詩省的維多利亞島，在一個安靜的花園裏，在那個我相信沒有人聽得懂普通話的角落裏，我們大聲地唱起了《綠島小夜曲》。我們的歌聲的確是很甜蜜。公園的草地綠油油，四邊是充滿着生氣的玫瑰花。除了我們的歌聲和樹林中的鳥聲外，一切都是那麼的寧靜。那個世界的確是完全屬於我們兩個人的。但我們錯了，在灌木叢和大樹中還有四個聽眾。在我們唱完之後，傳來了他們掌聲。我們有點尷尬地接受了他們再來一遍的要求，在我的心中，永遠都不會忘記那個早上有多麼美好。

我和我媽媽、兩個妹妹於 1963 年到達香港，1971 年我完成了我的中學教育。我的音樂體驗經歷了一段新的旅程，不再唱革命歌曲了，很自然地愛上了來自美國、英國的民歌和搖滾。我更學會了如何用膽管製造擴音機和揚聲器。

我一口氣買了兩張四十五轉的黑膠唱片，一張是原版朱莉・安德魯斯演唱的《仙樂飄飄處處聞》，另外一張是披頭士樂隊的《Lady Madonna》，風格大不相同。

唱片每面只有一首歌。披頭士用一個青蘋果來作為唱片中間的標貼，翻到後面是喬治・哈里森的《The Inner Light》，用的是印度的 Sitar 錫塔爾琴。在這一面的唱片標簽，圖案是切開一半的綠色蘋果內部。這張標簽對我影響很大，它刺激了我對平面設計的看法，原來那麼簡單就可以展示出一個聰明的構思。我後來在平面設計領域發展跟這張唱片有很大的關係。

我也喜歡大部分唱片封面的設計，以下是我那個年代喜歡的音樂：

1. 《House Of The Rising Sun》 by The Animals
2. 《Sugar, Sugar》 by The Archies
3. 《I Want To Hold Your Hand》 by The Beatles
4. 《I'm A Believer》 by The Monkees
5. 《I Heard It Through The Grapevine》 by Marvin Gaye
6. 《Are You Lonesome Tonight?》 by Elvis Presley
7. 《Honky Tonk Women》 by The Rolling Stones
8. 《(Sittin' On) The Dock Of The Bay》 by Otis Redding
9. 《Aquarius ／ Let The Sunshine In》 by The 5th Dimension
10. 《Hey Jude》 by The Beatles
11. 《Those Were The Days》 by Mary Hopkin
12. 《To Sir, With Love》 by Lulu
13. 《Kiss Me Goodbye》 by Petula Clark
14. 《Blowin' In The Wind》 by Bob Dylan
15. 《Born To Be Wild》 by Steppenwolf
16. 《Goody Goody Gumdrops》 by The 1910 Fruitgum Company
17. 《These Eyes》 by The Guess Who
18. 《You Can't Always Get What You Want》 by Rolling Stones
19. 《Woodstock》 by Joni Mitchell
20. 《Positively 4th Street》 by Bob Dylan
21. 《As Tears Go By》 by Marianne Faithfull
22. 《White Rabbit》 by Jefferson Airplane
23. 《Sunshine Of Your Love》 by Cream
24. 《While My Guitar Gently Weeps》 by George Harrison
25. 《Massachusetts》 by Bee Gees
26. 《Me and Bobby McGee》 by Janis Joplin

上中學時，我的音樂品味改變了，我 200% 傾向聽來自美國、英國、澳大利亞和加拿大的各種熱門歌曲，裏面有大量很有意義的反戰歌曲，有年青人鼓勵互愛的民歌、呼籲種族平等的藍調、搖滾等。這是一個打開我的耳朵、眼睛、大腦的階段……

1970 年的一個晚上，我向爸爸要了一張去加拿大的單程機票和第一年的學費，我要打開我對這個世界的眼界。

北美洲，我來了。

我於 1971 年 8 月 23 日抵達多倫多。我的第一印象是什麼？北美洲汽車很大，牛仔褲很髒，男人的頭髮很長，很多年輕人不穿鞋。那是 Flower Power 時期，倡導和平與愛。我當時年輕無知，我喜歡所有的一切。在 1969 年 Woodstock 音樂節，見到了數不清的表演者，影響到我對金錢的看法，對世俗中庸之道的不同意，對種族隔離和歧視的不滿等等。

1971 年去到北美洲，我進入了反戰、和平、天下為公的音樂世界裏。

1971-1974 年之間，公公大開眼界，有許多不同的音樂享受。

我從依賴家人到獨立，音樂幫助我成為一個新的自己，看到了一個與以前大不相同的世界。

在多倫多，我們是一群鳥。我們自由自在地到處跑，兩百塊加幣就可以買到一輛車子，車上還能聽電台節目，音樂永遠是駕車時最好的朋友。我們的周末，就是到餐廳打工、開車和瞎聊，音樂一直陪伴我們。

1. 《American Pie》 by Don McLean
2. 《Bohemian Rhapsody》 by Queen
3. 《Let Me Be There》 by Olivia Newton-John
4. 《Imagine》 by John Lennon
5. 《Take Me Home, Country Roads》 by John Denver
6. 《Highway To Hell》 by AC ／ DC
7. 《One Love》 by Bob Marley
8. 《Best Of My Love》 by Eagles
9. 《Stay》 by Jackson Browne
10. 《Time》 by Pink Floyd
11. 《Stairway To Heaven》 by Led Zeppelin
12. 《Sultans Of Swing》 by Dire Straits
13. 《Smoke On The Water》 by Deep Purple
14. 《Who Are You》 by The Who
15. 《Angie》 by Rolling Stones
16. 《Mozambique》 by Bob Dylan
17. 《Sara》 by Bob Dylan
18. 《Lucky Man》 by Emerson, Lake & Palmer
19. 《After The Gold Rush》 by Neil Young
20. 《Sundown》 by Gordon Lightfoot
21. 《So Long, Marianne》 by Leonard Cohen

22. 《Let It Be》 by The Beatles
23. 《Hold On》 by Dan Hill
24. 《Sylvia's Mother》 by Dr. Hook & the Medicine Show
25. 《Happy Together》 by The Turtles
26. 《Jonathan Livingston Seagull》 by Neil Diamond
27. 《Wavelength》 by Van Morrison
28. 《Layla》 by Derek and the Dominos
29. 《The Last Waltz》 by The Band
30. 《Only Women Bleed》 by Alice Cooper
31. 《Heart Of Glass》 by Blondie
32. 《Father And Son》 by Cat Stevens

這些是公公在 1974-1975 年之間聽的歌，音樂是有黏性的，至今還念念不忘《After The Gold Rush》。

1975 年夏天，畢業，找工作，結婚，開車，聽音樂。

1975-1979 之間，工作，開車，買唱片，朋友，Party，啤酒，不吸煙。

我 25 歲就結婚了，在非常平靜的多倫多生活。我們一起看了很多電影，去了很多演唱會，過了幾年愉快的家庭生活，然後我又蠢蠢欲動，決定搬回香港和父母、兄弟姐妹在同一個城市居住。

首先我決定先去日本一個人旅行幾個星期，回到香港租個房子安頓下來後，再接莫秀儀回港開始我們的新生活。我懷着小別勝新婚的想法，包辦了所有的計劃和行動。

我把所有黑膠唱片都運回香港，帶着我深深的感情，過着簡單而原始的生活。我把新家安置在香港一個叫長洲（Cheung Chau）的離島。如果你有機會參觀這個島，我想你會認為曾經有音樂家、作家、藝術家住在那裏。我在這播放了所有我愛聽的曲目，我懷念那些搖滾的日子。

1979 年冬天回香港，行李中有 278 張黑膠碟。

1982 年，世界有了 CD，家中有 LP，CD 和 Cassette。

在香港，我遇見了你祖母。我們結婚的那年，你媽媽出生了，那是 1989 年。我晉升為智威湯遜廣告公司的創意總監。我的老闆是 Grace Atkinson，她成了我最信任的朋友。我們拜訪在赤柱監獄待了十五年多的囚犯。你可以詢問你的母親，關於一個掛着美國國旗的粉紅色大碗的故事。

1992 年，我成為了一名商業電影導演。我和一位著名的日本小提琴家西崎崇子（Takako Nishizaki）一起拍攝。她在我前面兩英尺演奏着《梁祝協奏曲》，音樂穿透了我的耳朵，進入了我的心靈。出於這個原因，我們讓你媽媽在五歲時學會了拉小提琴。從那天起，我就愛上了小提琴音樂，喜歡上帕格尼尼、莫札特、門德爾松、希拉里·哈恩、約書亞·貝爾、雅沙·海飛茲、Fritz Kreisler、Anne-Sophie Mutter、David Oistrakh、Gil Shaham、Isaac Stern，還有 Vanessa Mae 和 Nigel Kennedy。我曾經想以「Strings and Shades」的名義經營一家商店，出售燈罩和小提琴錄音。

你媽媽和 Nadine 阿姨都經歷了多年小提琴的學習，跟隨過多位不同的老師。爺爺有很多她們小時候的視頻，記錄了她們拉小提琴時掙扎、憎恨樂器的表情。在 Nadine 阿姨考完八級證書後，她宣布要打破她的小提琴來作告別。

小提琴是幾百年的古董。在家練習小提琴讓你祖母、祖父的音樂品味擺脫了搖滾和流行音樂。愛上它，以及 Jacqueline du Pré、PabloCasals 和 Mischa Maisky。他們是世界上最好的大提琴手。

每當我們知道他們要在香港演出，或者當我們旅行時知道他們在當地的音樂廳演出，就會試着去購買門票，這成為了旅行背後的動力。我們開始喜歡上所有音樂廳和歌劇院的建築。好的歌劇院與好的歌劇相得益彰。享受一個好歌劇之夜，之後在一個陌生的城市裏吃一頓美食，這是人們能獲得的最幸福的經歷。

1989 年，你媽媽出生了，中國也開始有了自己的搖滾，我很是開心。

在米蘭，我有機會進入斯卡拉歌劇院，並愛上了表演。 我們從 Giacomo Puccini 的 La Bohème 的第 3 幕開始欣賞。從那以後，Donde Lieta Uscì（Tullio Serafin）這首曲子就留在了我的腦海裏。然後，是朱塞佩·威爾第的《特拉維亞塔》，喬治·比才的《卡門》，賈科莫·普契尼的《托斯卡》、《圖蘭朵》、《蝴蝶夫人》。

大多數時候，我不懂語言，只懂情節。歌唱家的造詣是最吸引我的。Maria Callas 現場演唱喬治·比才的《卡門》時，偷走了我的心和靈魂。Raf，當你長大很多的時候，比如到了 35 歲，你必須聽她唱歌。

你公公對音樂最大的夢想是作曲，和拼湊一個嚴肅的西式歌劇，講述王昭君的故事。這個項目是德語和普通話的四幕作品，它將是我最後的夢想項目。

第一幕，在王昭君的葬禮上。人們非常難過，以至於他們拿起鋒利的刀，砍掉他們的手臂，挖出他們的眼睛……在悲傷歌曲中，他們用熱氣騰騰的鮮血、無盡的眼淚，畫出血腥、殘酷和不可思議的壁畫。壁畫一直存在於莫高窟，那是敦煌的石窟。

第二幕，王昭君告別了長安。在路上，只有琵琶、沙漠、草原、風中的牛羊。下大雪，覆蓋了所有她身後的痕迹。

第三幕，王昭君給國家帶來了和平與農業發展機會。她在「皇室」具特殊地位，一直保持着近半個世紀以來的和平。她教授農業文明，其與遊牧文明融合，提升了人民的生活品質。

第四幕，當她的丈夫去世時，她向朝廷申請回歸西漢，她的家鄉。漢朝元帝不同意並且命令王昭君尊重當地傳統：在匈奴的國度，前任皇帝的妻子可以由下一位皇帝繼承。

最後，她也在匈奴去世，再也沒有回到中國。

在香港，開始愛上了古典樂，喜歡馬友友。

她下葬的那天，外面下着大雪，就像她出塞的那天一樣。她隨身攜帶琵琶，無論走到哪裏，都讓你感到好奇，什麼時候會演奏。音樂可以非常快或慢，讓觀眾情緒心甘情願地隨之起伏。

Raf，在人類文明中，音樂是一種非常有創意的藝術形式。當你長大，會發現我們在享受不同的音樂，你將能夠告訴你的朋友你最喜歡哪種音樂，或者告訴他們很多年前，你的祖父母對 Bob Dylan、Mozart 或 Yuja Wang 非常瘋狂。

我的生活變得與眾不同，也變得豐富了，因為他們的音樂伴隨着我成長，成長為一個父親，現在則成為一個老爺爺。在我的一生中，我經常後悔我不能演奏任何樂器，也不能唱歌或作曲。

我們感謝 Dr. Roland 把左邊耳朵的聽力還給你。我們將永遠記住他和他的團隊的努力。所以，請去愛世界上能給你愛的音樂，好好製作你自己的音樂。他們全部都是來自你祖母和祖父的愛。

你的祖母現在在沙利文大道 75 號你家附近的一家酒店，因為她感染了一種叫做新冠肺炎的病毒。為了避免將病毒傳播給你，她一個人留了在那裏。

兩天後，你的爸爸媽媽要去旅行了，和你一起去長島的避暑別墅。去年你出生的時候，你的祖母和我在紐約。我們是開心的，但不是 200%，因為我們發現你的左耳不能像其他人一樣聽得見。

你的父母和你祖父母、姑姑們都渴望能為你做些什麼，來讓你的兩隻耳朵都能聽到我們的笑聲，欣賞偉大的音樂家在音樂廳演奏他們的作品。

2000 年以後，又愛上了歌劇。

你有一對最偉大的父母，他們想盡一切辦法，努力與醫生、家長小組尋找讓你的左耳重獲聽力的方法。

5 月份，Roland 醫生成功進行了你的手術。祖父和祖母去探訪醫生，和你的父母一起聽醫生關於你的手術的評論。我們很高興從這位善良的醫生那裏得到對你手術結果很滿意的措辭。對我們來說，這是一次美妙的旅行。

香港是你爺爺發展專業技能的城市，是你媽媽出生的城市。還有，在香港，你爸爸遇到了你媽媽。在這個地方，我們有優秀的電影製作人和音樂人才，例如 Beyond。聽這個樂隊的歌真是一種享受，但太糟糕了，因為舞台事故，主唱和作曲家在東京去世，他的名字叫黃家駒（Wong Ka Kui）。我最喜歡的歌叫《喜歡你》，然後是《海闊天空》。

夜晚嚴寒，白雪皚皚
我的心凍僵了，我的思緒在徘徊
衝過風暴，不確定性被薄霧包圍
在天空和海洋之間，我們會改變嗎
世界沒有人能逃脫這些變化
我面對過多少次無知和
恥辱
我從未放棄過我的夢想和
決心
在分心的時刻，有一種抽象的感覺
我心中的愛在沒有意識到的情況下已經消失了
有人能理解嗎？
我不會忘記告訴你祖母最喜歡的
她生下你媽媽時還在聽的歌
我沒完沒了地問你

你什麼時候和我一起去？但你總是嘲笑我
我什麼都沒有
我想把我的夢想給你
給你我的自由
但你總是嘲笑我
我什麼都沒有

哦……

你什麼時候和我一起？
在過去、現在和未來
總會有音樂，新音樂，舊音樂
有不同的人才
為了我們的耳朵和精神創造音樂

本文於 2024 年 6 月 29 日星期六 4 點 48 分完成。
2024 年我在紐約，在你的房間，在做你的保姆，給你換尿布的一天之後。
我的夢想是看到我的歌劇，就算到我去世前一天，舞台仍在我體內燃燒着。

2022 年突然間，又愛上以前的搖滾，喜歡滾石樂隊的《Gimme Shelter》，更喜歡 Merry Clayton 唱的版本，唱得令人靈魂出竅。Raf，長大後一定要聽這個版本。另外我也很喜歡 Nazareth 的《Love Hurts》，沙啞的唱法和開頭的結他 Solo 十分吸引。然後就是 Jeff Beck 的《A Day In The Life (Live at Ronnie Scott's)》。如果你長大後也懂得彈結他，你一定會很喜歡 Jeff。最後一個我想讓你知道的樂隊是在香港出道和成名的 Beyond，主唱是黃家駒，是公公最最喜歡的樂隊，他們用廣東話唱，多了香港的情懷。

老／更老 之間

「做人嘅嘢……」還是我的口頭禪。

五十歲以後，一直想做一個正直、不再阿諛奉承、不允許自己騙自己的人。隨着身體的狀況不停下滑，「做人嘅嘢」變成了一個又一個問題。我該吃什麼，不能喝太多什麼？該做什麼運動？對不喜歡的人要保持多少的禮貌？面對不滿可以生多少氣？七八十歲了，該不該和年輕人一樣憤世嫉俗？還會細讀偉哥的廣告細節嗎？姓黃的說我的笑話不好笑，老婆說我的笑話層次低了，姓陳的說我的思想混亂了。我會去改變嗎？一定不會。長者也有長者的驕傲和堅持，他們不懂笑，是他們的損失。

SENIOR CITIZEN TEXTING CODE	
BFF	BEST FRIEND FELL
LOL	LITTLE OLD LADY
BTW	BRING THE WHEELCHAIR
TTYL	TALK TO YOU LOUDER
BYOT	BRING YOUR OWN TEETH
LMDO	LAUGHING MY DENTURES OUT
WAITT	WHO AM I TALKING TO?
OMSG	OH MY! SORRY GAS
GOTTA	GO PACEMAKER BATTERY LOW
ROFLACGU	ROLLING ON THE FLOOR AND CAN'T GET UP

70/80 之間的人都有手機
也有自己的社交團體
有人特意編了常用言詞的簡化縮寫表
將這個相當殘酷的表印成 T 恤
穿在大肚子上
其中
我個人常用的是 TTYL

另外我想邀請大家掃描下面的二維碼
將看到的好笑的東西都發送過來
一起會心微笑
小心假牙掉下來

後記 1

吳文芳和我的性格完全不同，但大家在差異中已經一起生活了 40 多年，也算凹凸相配。我最好的朋友曾經說過，一切命中注定，我應該把每一次頭痛當作任務或是功課，以這種方式生活，能幫助我更好地了解人生的奧秘。我們有兩個很棒的女兒，她們在很大程度上受到父親的影響。

當吳文芳提到要寫這本書，我的確不知道該如何反應。講述 70 到 80 歲之間的經歷，他還太年輕了，但對於剛踏入中老年的人來說，他又太老了。然而，我相信他有能力去敘述內心的感受。

我曾經讀到這樣一句話：「人生不在於你經歷了什麼，而在於你記住了什麼，以及你如何講述你所記住的東西。」我和大家一樣好奇，吳文芳會如何敘述他的人生。

太太

蔡惠明

後記 2

世界時常令我感到不安。我知道，這種情緒並不全是由外界事情引起，而是因為外界事情在自己的頭腦中不斷發酵，於是感到不安。一直以來，人類不得不一次又一次地與困難、障礙作戰，努力與否，來自腦海中的決定，決定可以改變現實。

我是一個幸運的女孩，我有世界上最好的爸爸。他既是我父親，也是我最親密的朋友。我覺得我被他理解了，也認為自己能夠理解他。上兩個月，他在我家開始寫這本書，他的想法給我帶來了一種無法形容的感覺，最貼切的說法可能是溫暖和深深呼吸後肩膀放鬆的那種感覺。我從父親身上學到了很多，很高興他能通過文章向別人分享。我對這本書很有信心，讀者看完他的文字，思維會變得更活躍一些，不再麻木，更有創意。

無論你是蹣跚學步的孩子還是 80 歲的長者，我們都能體會到看不清前方的沮喪和焦慮。只有發明自己的導航，懷着希望前行，才有機會實現目標。在路上可能會摔倒，但這些都是必然發生的，你可以像我爸爸一樣，勝不驕、敗不餒。

我喜歡和爸爸聊天，我知道，終有一天我會失去他的聯絡，我會懷念與他打電話的日子，我很感激擁有那些時刻。

謝謝爸爸寫了這些文章，如果不是為了這世界，那一定是為了我。我愛你，我的生活態度、思考方式有你的影子，為此我永遠感激，我的孩子也會遺傳到你的基因。謝謝你。

女兒

吳觀

後記 3

我的父親是 Willde Ng，我唯一認識的 Willde。我曾希望我們可以在他二十多歲的時候相遇，這樣我們就可以成為朋友，一起放眼去看世界。每當我一個人在美國感到孤單的時候，被我無法說出來的情緒所淹沒的時候，總是通過與父親交談，才能重新振作。他有一種罕見的能力，可以讓人表達出來，並溫柔地引導我找回自我。我很幸運，有一個這樣的父親。

我最喜歡他說過的話是：一本書、一部電影、一首歌、一句話，都可以轉化為行動的能量。從我 21 歲起，這句話就一直陪伴着我。他從一個來自中國小漁村的男孩，成為了多變的創作人、作家、導演、老師、企業家、父親。

我希望他永遠不會放棄他的節奏，希望他的生活繼續充滿樂趣。因為我父親懂得在這沉重的世界裏，生活得像羽毛一樣輕盈。

女兒

吳津

再見

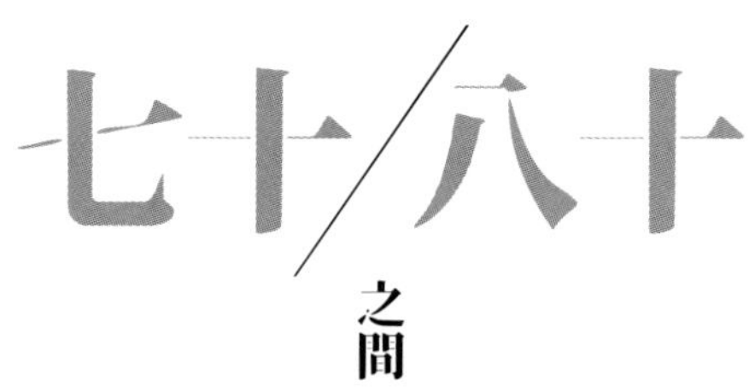

作　　者：吳文芳
助理出版經理：陳思齊
責任編輯：何芷晴
美術設計：Jone Chan
排　　版：Karen
圖　　片：吳文芳
出　　版：日閱堂出版社
發　　行：明報出版社有限公司
香港柴灣嘉業街 18 號
明報工業中心 A 座 15 樓
電　　話：2595 3215
傳　　真：2898 2646
網　　址：http://books.mingpao.com/
電子郵箱：mpp@mingpao.com
版　　次：二〇二五年七月初版
I S B N：978-988-8925-13-1
承　　印：美雅印刷製本有限公司